Laurin

Umschlagfoto: Sonnenuntergang im Wietings - Moor

Dirk Eickmeyer

Laurin

Traktat eines Wesens

Fotos & Gestaltung
vom Verfasser

Bibliografische Information der Deutschen Nationalbibliothek: Die Deutsche Nationalbibliothek verzeichnet diese Publikation in der Deutschen Nationalbibliografie; detaillierte
bibliografische Daten sind im Internet über www.dnb.de abrufbar.

1. Auflage 2015

Eickmeyer, Dirk
dirk.eickmeyer@web.de
Laurin, Traktat eines Wesens

© 2015 Dirk Eickmeyer
Herstellung und Verlag: BoD - Books on Demand, Norderstedt
ISBN: 9783738620818

Viel Kälte ist unter den Menschen,
weil wir nicht wagen,
uns so herzlich zu geben,
wie wir sind.

Albert Schweitzer

gewidmet:

den Squonks, Wesen und Gnomen
und all denen, die wissen, dass diese
Wahrheiten der Wahrheit letzter Schluss sind...

Inhaltsverzeichnis

Vorwort

Für die folgende Publikation war aufgrund ihres Sinnge-
haltes die Form eines Berichts angedacht.
Dieser Versuch, der Leser möge es dem Autoren verzeihen,
ist jedoch nicht in die Wirklichkeit umgesetzt worden. Ein
Traktat kommt der Abfassung am nächsten. Dennoch sei betont, dass die Thematik der berichtartigen Abfassung nicht
gleich einer Ideologie an den Leser herangetragen wird.

Für den Zeitraum der Begegnung der beiden Hauptprotago-
nisten wurde der Zyklus eines Jahres gewählt. Diese Wahl ist
pure Willkür, es sei dem Schreiber verziehen.

Allerdings soll nicht verschwiegen werden, dass die zeit-
übergreifenden Ereignisse Jahrmillionen einschließen. Sie
reichen bis in die Anfänge frühester Oldowan-Kulturen zurück.

Somit wird ihre Wahrhaftigkeit in einen historischen Kon-
text gestellt, an dessen wissenschaftlichem Anspruch sich
die Geister scheiden mögen.

Die Menschen und Wesen der Handlung sind existent. Die
Ähnlichkeit gegenüber anderen Menschen und Wesen ist im
Bereich des Zufalls anzusiedeln. Dies entspräche der
Handlung einer anderen Wahrheit, die mit den Gescheh-
nissen dieser Handlung nicht das Geringste zu tun hat...

Einleitung

Vor der Zeitenwende hätte ich mich mit den Worten ‚ich heiße Djamil' oder ‚mein Name ist Djamil' den Wesen vorgestellt.

Damit meine ich keineswegs ‚das kleine Volk', auch die Menschen kommen dafür nicht in Frage. Gemeint sind ausschließlich die Wesen.

In dem Augenblick, da Laurin in mein Leben trat, hat die Veränderung in mir begonnen. Die Prozesse, die Laurin in mir auslöste, waren anfangs von schleichender Langsamkeit, dann überschlugen sie sich und begannen zu fließen. Heute stelle ich mich den Wesen mit den Worten ‚ich bin Djamil' vor. Ich bin der, der ich bin.

Doch ich möchte nicht vorausgreifen.
Die Geschehnisse, die Begegnungen und die Prozesse, ich werde sie chronologisch berichten.

Begonnen hat alles auf einem Feldweg im Nordosten eines kleinen, vergessenen Fürstentums...

Menschen und Wesen

Amira	Colleens begleitendes Wesen
Bibiana	Colleens Schatten
Colleen	das Mädchen
Congoia	die Angst
Damian	der Bezwinger
Djamil	der Zeitreisende
Feodor	der von Gott Geschenkte
Freya	die Erdgöttin
Friedemann	der Schützende
Joko	die Brandung
Laika	Laurins Hund
Laurin	Djamils begleitendes Wesen
Lou	Djamils Hund
Melchior	der Lichtträger
Merlin	der Falke
Raél	das biodivergente Wesen
Sakura	die Kirschblüte
Viracocha	die höchste Instanz
Zoé	das Leben

Orte der Handlung

Laurin wohnt im niedersächsischen Moorland. Er lebt im Überall.

Der Nordosten der ostwestfälischen Landstriche ist die Heimat Djamils.

Amira lebt dort, wo sie gerufen wird.

Colleen ist mit der Scholle Vorpommerns verhaftet.

Die übrigen Wesen sind dort zu Hause, wo sie zu Hause sein wollen.

Die erste Begegnung zwischen Laurin und Djamil

Brüntorf im August

Ich bin Djamil. Dies ist der Anbeginn eines Wandels. Hier beginne ich:

Auf einem Feldweg zwischen Bergkirchen und Westorf kommt mir ein Mann mit seinem Hund entgegen. Sein Schritt ist bestimmend, der Tritt des wuscheligen Hundes federnd, einem Wesen schwebender Leichtigkeit vergleichbar, beseelt und rein.

Der Fremde bleibt vor mir stehen, sieht mich fest entschlossen aus milden Augen an und sagt: „Ich komme aus den Hügeln, vom Bärenkopf. Die Nacht war warm und klar. Durch zartes Grün mächtiger Rotbuchen fiel helles Mondenlicht, einfach wunderbar. Laika, meine Hündin, liebt das Wachsein in diesen lichtdurchfluteten Nächten. Und Du, wer bist Du?"

Und während mein struppiger Streuner Laika längst ins Herz geschlossen hat, da antworte ich aufs Geratewohl: „Lass uns den Hang hinaufgehen, von dort oben sehen wir auf mein geliebtes Westfalenland und plaudern."

Begegnungen wie diese sind wie Sterne, die vom Himmel fallen. Wir steigen den Hang hinauf, setzen uns unter ein Eichenrondell und blicken in den Sommer. Wir schweigen.

Laika und Lou liegen voreinander in der Wiese, in der die Blüten des Roten Leimkrautes glühen.

Ist das die uneingeschränkte Liebe im Jetzt, in der Gegenwart, einfach so, ohne Forderungen, ohne Erwartungen, ohne Verpflichtungen, so im Vorübergehen?

„Ich bin Laurin, trinkst Du Kaffee?", fragt der Fremde. „Oh ja, sehr gerne, ich liebe Kaffee", erwidere ich.
Zur Erde heruntergefallene Sterne, etwas spröde und flackernd. Sie erleuchten die Nacht, sie strahlen am Tag. Wohl ahnend, dass Laurin aus der Fremde kommt, um sein Strahlen in die Welt zu tragen, deute ich mit ausgestrecktem Arm über das geschwungene Land, den gleißenden Sommer, den Weizen, den Raps, die Dörfer, die Pferde und die Menschen: „Hier wohne ich, hier lebt mein Herz."

Laurins Stimme riecht nach Seewind und Marsch, nach Krähenbeeren und Moorbirken, nach Rindern und sandiger Scholle.

Seine Worte haben den singenden Klang plattdeutscher Stimmen. Sie haben die unaufdringliche Direktheit nordischer Zuverlässigkeit.

In einem Kötterhaus lebt er, umgeben von weitem, flachen Land, Schnepfen und Schnucken, Himmel und Moor. Seine Haustür ist nie verschlossen.

„Und Du, wo lebst Du?"

„Ich lebe im Gestern und im Heute. Und ich lebe in meinen Träumen."

Laurin sieht mich lange sinnend an. Dann sagt er: „Du bist einer von uns. Und uns gibt es überall, sehr wenig, versteckt zwischen Alltagseinerlei und Eisenbahnkiosk."

Unsere Begegnung gleicht in ihrer unverblümten Ehrlichkeit der unserer Begleiter. Sie ist einfach so. Ohne Wenn und Aber. Wir trinken Kaffee.
Laika und Lou sehen uns an. Wir sind noch da, sie sind beruhigt.

Und während sich die Sonne mit dem Abend vereint, da werde ich ganz müde und schwer.

Laurin zieht weiter, Laika folgt ihm, Schritt haltend, ohne bei Fuß und ohne Leine.

Zwei oder dreimal bleibt sie stehen, sieht zurück, fragt, ob Lou nicht mitkommen wolle. Laurins Blick schweift ins Morgen, während er die Hand zum Abschied hebt.

Die beiden sind ein eingespieltes Team im Draußen, in der Welt.

Keine Adressen haben wir ausgetauscht, keine Telefonnummern. Nur das Jetzt zählt und das Jetzt ist jetzt vorbei.

Der Müdigkeit nachgebend lasse ich mich ins Gras fallen und fliege in meine Träume.

Und während der Sommer uns mit all seiner Gnade begegnet und in seine wärmende Decke hüllt, da beginnt aus den Himmeln über uns der Sternenglanz zu rieseln.

Djamil rätselt über den Fremden

Wer ist der seltsame, geheimnisumwitterte Mann, den ich nie zuvor gesehen habe. Seine Ausstrahlung erinnert mich an einen friedvollen Krieger.

Woher rührt dieses Urvertrauen. Nie zuvor ist mir Laurin begegnet und doch bin ich mir sicher, dass ich ihn beständig und immerfort kenne.
Unsere Begegnung wird sich wiederholen, das scheint gewiss.

Mit absoluter Sicherheit weiß ich schon heute, dass meine Sicht der Dinge sich verändern wird. Nichts wird so bleiben, wie es zurzeit ist. Die Zeitenwende steht vor mir, das Kartenhaus wackelt.

Diese Eruptionen, diese Erschütterungen, sie werden ein stilles Toben in mir auslösen, sie werden meine Grundfeste erschüttern, kein Stein bleibt auf dem anderen, ein Chaos beginnt sich auszubreiten.

Und all das erfüllt mich nicht mit Angst. Im Gegenteil, ich sehne es herbei.
Das, was kommen wird, ich werde es Laurin zu verdanken haben...

Laurin begegnet Amira

Tiefental im September

„Ich habe einen Freund. Er lebt im Schatten. Dort treffen wir uns zumeist. Wir reden über die Dinge, die uns vereinen. Sein Name ist Djamil.

Er lebt in seiner Welt. Er lebt in den Hügeln der Mitte. Und ich, liebe Amira, komme aus dem Flachland, ich lebe im Moor. Mein Land liegt dort, wo der Regenbogen die Brücke vom Land ins Meer spannt.

Mein Freund besucht mich regelmäßig. Das ist allerdings erst seit einem Mond der Fall. Wir waren Ewigkeiten getrennt, obwohl ich stets in seiner Nähe war.

Er hat es nicht bemerkt. Er sprach eine andere Sprache, die mir so vertraut war wie ihm die meine fremd...

So oft habe ich ihn berührt, doch er hat es nicht gespürt."

Amira hört Laurin intensiv und aufmerksam zu. Amiras Zuhören ist Verstehen. Sie nickt, während Laurin fortfährt.

„Er lebte lange das Leben eines Gefangenen, wie ein von sich selbst Weggesperrter, Ahnungsloser, abgrundtief Suchender und hoffnungslos Verlorener.

Viel sprach er mit sich, viel sprach er mit seinem Begleiter, dem Lou.
Im späten Sommer ereignete sich ein Wandel. Ich saß wieder einmal an seiner Seite und erzählte ihm, was ich ihm seit Jahrmillionen erzählte. Doch dieses Mal antwortete er, er

antwortete zum ersten Mal und dies mit einer Selbstverständlichkeit, als sei es nie anders gewesen...

Warum, liebe Amira, erzähle ich Dir diese Geschichte? Es ist meine Geschichte. Es ist die Geschichte eines Freundes, meines besten Freundes.
Vielleicht erzähle ich Dir von ihm, weil mein Vertrauen unendlich ist, seines nicht.

Doch wer bist Du, Du kolibrihaftes Wesen, das der Sonne entgegen schwirrt? Wer bist Du, liebe Amira, Du, die Du es bereits mit wenigen Worten verstanden hast, mein ganzes Wesen zu vereinnahmen. Erzähle mir von Dir, erzähle mir das, was ich längst schon ahne."

Die Dialoge, die folgen, sind eng an den Verlauf der Zeit getaktet.

Amira erwacht aus einer Welle der Anteilnahme. „Das Wesen, das Du mir beschreibst, es kommt mir bekannt vor. Djamil ist sein Name, ein Wohlklang für die Seele." Amira möchte mehr über Djamil erfahren, sie möchte Geschichten hören, die längst ihre eigenen sind...

Laurin trinkt einen letzten Schluck Tee. „Meine liebe Amira, wir sind uns vor Jahren am Kraterrand des Chahorra begegnet. Dort sprachen wir über das unstillbare Verlangen des kleinen Volkes."

„Du hast recht. Ich erinnere mich." erwidert Amira. "Viel werden wir uns zu erzählen haben."
„Für heute soll es genug sein. Meine Begleiterin Laika erwartet mich."

Djamils Besuch in Laurins Moorwelt

Wietings-Moor im Oktober

Während sich der Sturmwind an die Gegenwart verliert, fallen die Kraniche ins wilde Moorland ein.

Ich kann nicht mehr gehen, ohne die innere Begegnung mit Laurin zuzulassen. Es sind die Träume in meinem Kopf. Diese Liebe ist so zwingend wie der Ruf der Stille.

Wer schlägt den Hammer. Wer schlägt den Hammer zuerst, um das spröde Erz des Todes in Schwingungen zu versetzen, es klingen und tanzen und alles übertönen zu lassen.

Dieser kranken, verlogenen Welt mit all ihrem Schein, ihren Blendern, Hetzern, Schändern, Demagogen und Diktatoren, den rückratlosen Ausbeutern, den perfiden Honigschleimern und Verrätern haben wir abgedankt.

Und so wie die Schwärze des Firmaments seine allumfassenden Schwingen über das Moor spannt, so werden Laika und Laurin sacht und behutsam über den Spannungsbogen aus der Heide treten.

Ich liebe die beiden. Keine Adressen haben wir einst ausgetauscht. Laurin erzählte mir von seiner nie verschlossenen Kate am Rand des Hochmoores. Und da wusste ich, wo er wohnt. Ich kannte den Ort.

Es ist der Ort, wo sich Vergangenheit und Zukunft berühren. Welche der beiden Zeiten währt länger, die Vergangenheit oder gar die Zukunft. Es ist unwichtig.

Doch an der Nahtstelle von Vergangenheit und Zukunft, diesem Moment von unendlicher Kürze, der Moment, in dem aus Zukunft unaufhörlich Vergangenheit wird, diesem Moment der Gegenwart, da darf Glück und Liebe, Trübsinn und Freude, Raserei und Schmerz geschehen.

Während aufgeheizter, weicher, trockener Torfboden meinen geschundenen Rücken verwöhnt und mir die barmherzige Oktobersonne die Glieder wärmt, da richtet sich 'mein' wachsamer Lou freudig auf, die Ohren hochgestellt.
Und als Laika ihm entgegenspringt, da gibt es kein Halten mehr.
Ungezügelte Lebensfreude, übersprudelnd im Jetzt, so soll es sein. Das Leben ist pur, es ist Liebe.

Wenn die Wehmut den Schwarzdorn biegt, wenn der Schmerz das Erz kochen lässt und wenn der Tanz am Rande des Vulkans zur Ekstase wird, dann begegne ich Laurin, dann ist er einfach da.

Laurin tritt aus dem Schatten des Birkengesträuchs, ich erhebe mich, gehe auf ihn zu und wir begrüßen uns ohne aufgesetzte Umarmung mit festem freudigem Handschlag des immerwährenden Moments der Herzlichkeit.
Er hat mich erwartet. Ich wusste es. Es ist so und es ist an allem.

Laurin geht ins Haus, ich setze mich wieder in die Heide, die Hunde toben.
Kurz darauf kommt er mit zwei Bechern Kaffee wieder ins Freie.
Es darf Abend werden. Kühler Hauch strömt aus dem Moor.
Die Zitterpappeln sind still geworden.

Was ist die Liebe. Was ist das Jetzt, wenn es nicht jetzt ist.

Die Liebe ist allumfassend.
Ich kann sie teilen. Dann vermehrt sie sich.

Doch die Liebe in der Zweisamkeit ist nicht teilbar. Im Dabeisein eines Dritten verpufft ihr zartes Licht, der funkelnde Diamant verkommt zu ausdruckslosen Kohlenstoffketten.

Ich, Hüter der Plateaus und Bewahrer schimmernder Diamanten, Berührender himmelsnaher Zärte und gespürter Wahrhaftigkeiten, nähere mich in unsäglicher Härte Dunkelheit der Nähe Laurins.

Wir sind einer Meinung.

Er, der ziehende Wanderer, erzählt mir seine Weisheiten ohne sie auszusprechen.
Und das gegenseitige Verstehen wird ständig sein.

Laurin, ach guter Laurin, Assoziationen an den Zwergenkönig Laurin, den Herrscher des Rosengartens sind zwangsläufig und genauso abwegig und gegensätzlich wie Licht und Schatten.

Während Laika Lou längst den Kopf verdreht hat, beginnt das Feuer uns mit seiner Wärme vor den aus dem Moor aufsteigenden nasskalten Nebeln zu schützen.

Das Trillern der Brachvögel ist längst in die Vergangenheit des gegangenen Frühlings entschwunden, nur das traurige Herbstliedchen des Rotkehlchens besingt den vollen Mond, der soeben über dem Reetdach von Laurins Kate aufgeht. Es betört Mond und Moor, es ist der Gebieter der kommenden

Nacht. Seine gequetschten Pfeiftöne sind von unendlicher Weiche und legen einen Zauber über Torf und Nebel. Besonders die melancholischen Strophen verleihen dem nächtlichen Moorland das einprägende Bild von Leere und Einsamkeit.

Wir wärmen unsere Hände an warmen Kaffeebechern. Das flackernde Lagerfeuer wirft geheimnisvolle Lichter auf unsere Gesichter. Gesichtsfurchen, tief und prägend, schwarz und bedeutungslos heben sich dunkel vom feuerbeleuchteten Gesichtsrot ab.

Hinter uns regiert die Nacht, deren Kälte uns über den Rücken streicht.

in der Weite des Moores

„Viele Menschen sind wund und wirr vor lauter Anpassung. Sie leben nicht sich, sondern die, die sie vor anderen zu sein vorgeben."

Laurins Worte sind wahr. Ich öffne einen Spätburgunder, schenke ein.

So samten und leicht der rote Wein auch die Kehle herunterrinnt, allmählich beginnt seine Schwere uns der Nacht zu übergeben.

Flach über dem Moor wabern weiße Nebel. Darüber lässt der helle Oktobermond das Sterneneinerlei verblassen. Wir legen noch einige Scheite Buchenholz ins Feuer, hüllen uns in warme Decken und entschwinden in weinesschwere Träume...

am Rande von Laurins Moorwelt

wabernde Morgennebel

Laurins Sommerhaus inmitten des Moorlands

Am Abend versammeln sich zahlreiche Bogenwickler auf Laurins aufgewärmten Hüttendach.
Professor E.F.C. Esper, Ordinarius zu Erlangen, hat sie bereits im 18. Jahrhundert eindrucksvoll beschrieben.
Djamil, sieh dir diese kleinen wehenden Wesen an, das Wunder lebt direkt vor unserer Haustür...

der Bogenwickler

Auf dem Schweineberg

Schweineberg im November

Wieder einmal folge ich meiner inneren Stimme. Es zieht mich auf den Schweineberg.
Dort entzünde ich in dieser kalten, nassen Novembernacht ein Feuer. Kurz darauf gesellen sich einige Gestalten zu mir, suchen wie ich die Wärme. Auch sie laufen dem Erlebnis der langen Nacht nach.
Jedes dieser Wesen sagt nur einen Satz. Sie nennen ihre Namen. Mehr habe ich nicht erwartet.

„Mein Name ist Merlin."
„Mein Name ist Feodor."
„Mein Name ist Joko."

Nach ekstatischen Tänzen fallen sie in weicher Stäube Halt. Mit wildem Feuereinerlei melden sich die Stimmen der Ahnenden zu Wort: „Ich bin der Squonk." „Mein Name ist Kaspar."
Eine sechste Stimme meldet sich aus der Nacht: „Ich höre auf den Namen Holzmichel."
Die Wiederholung ihrer Namen ist Schwingung, ist fortwährende Erneuerung.
Und schließlich erhebt sich eine siebte Stimme. Sie hat ihren Sitz nicht am Feuer. Sie schallt aus der Schwärze der Nacht wie dröhnendes Erz, wie mahnende Finsternis, wie stand-

feste Härte. „Ich bin die Letzte-Stimme, die Du jemals hören wirst. Fühle Dich nicht allein."

Weshalb steht das ausgebleichte Baumskelett bewegungslos zwischen saurer Schlenken Moor.

das Baumsketett hinter dem Moorsee

Wenn das Leben Bewegung ist, wenn die fehlende Flexibilität der Tod ist, ist dieser ausgebleichte Baum sodann seine Repräsentanz auf Erden?

Mein Blick schweift in die Ferne. Der Nachtvogel wendet über der Kehre zum Jenseits.
Die Gedanken finden ihren heutigen Abschluss in den abschließenden Betrachtungen der Schmetterlinge unter Glas. Dieses Wehen ist vorüber, es ist vergangen, es ist eingefroren. Die Fixationen werde ich dem Feuer übergeben...

27

Das Feuer lodert, züngelt und brennt in unsere Seelen. Wir sind weich, wir sind vereint.

Unbemerkt entschwinden Merlin, Joko, Feodor, der Squonk, Kaspar, der Holzmichel und die Letzte-Stimme in der Nacht.

Und als ich mich so ganz allein mit Lou fühle, da legt Laurin ganz herzlich und weich seine Hand auf meine Schulter. „Djamil, wisse dies, Du bist nie allein."

Laurin spricht zu Raél

auf dem Hellberg im endenden November

„Ich, Laurin, ich bin der Donner der Felsengebirge.
Ich bin der Sturm, der Dir unablässig entgegen bläst.
Ich bin der braune Bär, dessen Tatze Dir, so Du nicht wach bist, ins Gesicht schlägt.
Ich bin der zerstörerische Wind aus den Bergen.
Ich bin die klaffende Schlucht Deiner Seele.
Und ich bin der jubelnde Chor der Engel aus Himmelshöhen."

Raél schweigt.

„Raél, wisse dies:
Ich bin alles, nenn es, wie Du möchtest, nur:
Gebe mir keinen Namen. Kein Sinnbild wäre mir gleich.
Denn: Das Leben pulsiert und der Tod ist überwindbar. Tod und Leben, Gott und Dämon, sie sind in immerwährendem Kampf verschlungen."

Raél stimmt wortlos zu.

„Doch: Die Liebe überwindet den Hass, das Licht besiegt das Dunkel.
Ich bin Dein Hüter, Dein Trost. Ich bin die Seele, die beseelt.
Raél, verschenke Dich wo immer du kannst. Überschütte die weselnden Wesen, besuche die Menschen, die vor lauter menscheln versprühen, verschenken.

Beschenke die Unentschiedenen, beschenke auch die mit Deinen Gaben, die meinen alles zu besitzen. Denn sie besitzen nichts. Erst durch Deine Ankunft werden sie reich."

Djamils Zeilen an die Sehnsucht

auf dem Kleeberg im Dezember

schreibe Briefe
aus steinigen Flächen

tauche hinab
zu topografischen Gebirgen

steige auf
zu brüchigen Astes Höhen

falle tief
in Sanftheit Grases Schoß

durchfliege
graustes Grau der Felsengebirge

wo nur ist
Herzensgüte unter den Menschen

Laurins spricht erneut zu Raél

auf dem Stöckerberg im Dezember

„Beinahe alle aufgeführten Wesen haben eines gemeinsam, sie entzücken die Zentren schlagender Herzen anderer. Und dort finden die Begegnungen statt, nur dort.
Dieses Alles wird kontinuierlich stattfinden. Und die begleitenden Prozesse sind fortlaufend. Sie waren gestern. Sie sind morgen. Sie sind.

Raél, bedenke dieses: Der Glanzkäfer wird nur dort glänzen, wo der Landmann zuvor die Grundlagen geschaffen hat.
Doch bedenke auch: Dein Glanz ist immerwährend. Du strahlst im Ödland, Du entflammst das fette Grünland und erleuchtest mit Deiner Mitte die Welten.
Raél, gehe Deinen Weg und leuchte. Du wirst auf scheinbar unüberwindbare Felsformationen stoßen. Du stehst vor ihnen und denkst: Hier endet der Weg.
Raél, die Lösung ist so einfach wie die Berge hoch: Umgehe sie einfach.
Heute ist der erste Tag Deines restlichen Seins. Und das ist jetzt. Das ist der erste Tag.
Immer wieder werden Scherbenhaufen anderer Geschöpfe vor Dir liegen. Räume sie nicht fort. Es sind ihre Scherben, nicht Deine.
Sei sanftmütig und fromm. Liebkose die Wesen, lade sie ein, mit Dir zu gehen. Fließe mit ihnen. Genieße die Berührung,

verschenke Dich großzügig, sei mannigfach, Dein Lohn wird das Nichts sein. Und das Nichts wird strahlen.
Raél, Du der Wahrheitssuchende, der Wahrheitsfindende, wir kennen uns.
Bereits in der frühen Zeit habe ich Dich in die Technik des Steinebeschagens eingeführt. Und Du Raél, Du hast sie vollendet.

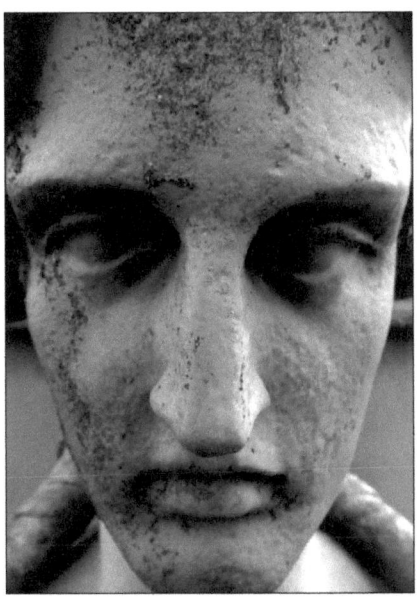

Das steinerne Abbild Freyas...

Raél, Former seltener Erden, Seher der Gestalten im Stein, Vollender der Plastik, erkenne die Nähe Djamils, suche sein steinernes Herz zu erweichen, bemerke Friedemann, sende seine Botschaft in die Welt, schließe dich Joko an, brande und strande wie er, bemerke Damian, hülle Dich in die Gnade Feodors, nutze den Mut Merlins, überwinde Congoia und breite Deine Schwingen aus, segle hinauf zu Viracocha und erkenne dies: Werde Eins.

Raél, ich weiß es: Du bist vollkommen biodivergentes Material. Du bist auf der Suche, Wahres zu entdecken. Du bist auf dem Weg, Eins zu werden."

Djamil begegnet Colleen im Januar-Monolog

aus der Zwischenwelt

„Mit einem ‚Stück Unendlichkeit', liebe Colleen, bedanke ich mich für den beginnenden Beginn einer Begegnung...

Ein kleines Stück Unendlichkeit... Heimat ist dort, wo der Himmel weit ist...

In der Zwischenwelt bin ich Dir begegnet. Ich wusste es nicht.
Dann habe ich mit der Traurigkeit gesprochen. Ich habe ihr zugehört. Vielleicht hat sie mir ein Pfund übertragen, vielleicht.
Dieses Land ist reich. Und es gibt so viel Freudlosigkeit und Verzagtheit. Ich kann nicht vorübergehen, ohne zuzuhören. Ein Ohr werde ich ihr geben, 500 Gramm vielleicht. Es sind Strohalme im Ozean. Ich habe keine Aussicht, es ist aussichtslos."

„Schließlich werden wir erwachen. Congoia wird zu Colleen erblühen. Und ich darf das getragene Licht Melchiors empfangen, wer weiß."

„Draußen steht der kalte Wintervollmond hoch am Himmel. Colleen, für heute wünsche ich Dir mondenhafte Träume."

Djamil begegnet Merlin

Heidelbecker Holz im Januar

Ich erhebe mein Antlitz hinauf zu den Höhen Merlins, des pfeilschnellen Jägers, des Sehenden, des Erkennenden. Merlin fliegt mir in jähem Sturzflug entgegen. Welche Botschaft trägt er mit sich. Er spricht:
„Die Berührung zweier Seelen, zweier verwandter Seelen, das ist das, was Laurin das Licht auf Erden nennt. Es strahlt in Deiner Nähe. Du spürst es.
Djamil, Licht, Seele, Liebe, Schönheit, die Zeit ist reif dafür. Du wirst es empfangen, Du wirst es leben, Du wirst es geben. Viele Seelen werden Dein Herz berühren. Doch bedenke, zu sterben wirst Du nur für die eine bereit sein, nur für die eine...
Sie wird Deine Lichtträgerin, Du wirst ihr Schatz.
Diese Begegnung wird der Beginn einer großen Verbundenheit sein.
Und so wie sich das ewige Meer in die Unendlichkeit verabschiedet, so wie es sich wieder und wieder verschenkt, es brandet und anschwemmt, so wirst Du empfangen.“

Djamil begegnet Colleen im Februar-Monolog

aus der Zwischenwelt

I. Tertial:

„Colleen, ich werde Dir von mir erzählen. Was werde ich zu sagen haben. Ich berichte Dir von den Wesen, die mich berühren. Und von den Blumen, den Tieren und den Steinen werde ich reden.

Manches Mal werde ich abschweifen, mich in Details verlieren. Das Leben ist so intensiv, es gibt so viele Wunder um uns herum. Und doch ist alles rund und in sich geschlossen.
Vielleicht werde ich manchmal fantasieren. Aber das ist in der Zwischenwelt erlaubt.

Hier in dieser besonderen Welt, die wir zwischen der Wahrheit und dem großen Äther betreten, da ist alles möglich. Hier dürfen wir sein, wie wir sind.
Und meine Gefühle werde ich leben. Wie ich sie Dir mitteile, das weiß ich noch nicht.

Bitte verzeih mir, wenn du in meinen Mitteilungen keinen roten Faden erkennst. Ich lebe fadenlos. Heute erzähle ich Dir dieses, morgen jenes. Meine Gedanken springen oft. Andere Menschen werfen mir das zuweilen vor. Die Wesen hingegen sehen großzügig darüber hinweg.

Meine Gedankensprünge sind eine Flut, sind ein Begehren, sind ein Schweben...
Damit Du diese Sprünge besser erkennst, werde ich zwischen in sich abgeschlossene Gedanken einen Platzhalter setzen, und zwar diesen:

Die Symbolik des kleinen Vogels, der auf einer Hand brütet, werde ich Dir ein anderes Mal erzählen. Die Geschichte vom Lahol, das ist der Name des Vogels, ist eine Geschichte für sich...

Wo soll ich anfangen, was soll ich schreiben und vor allem wie soll ich schreiben, wenn sich beim Lesen Deiner Zeilen in den Augen unweigerlich Wasser der Freude ansammelt. Einmal im Monat werde ich Dir meine Gedankenkonglomerate schreiben, einmal im Monat...
Ich werde beginnen, und zwar jetzt:"

„Viele Menschen glauben von sich, sie seien zu schwer und verrückt für ihre Mitmenschen. Gibt es das?
Im Sommer, so hast Du mir geschrieben, schwebst Du häufig barfuß oder mit Fingerschuhen durch die Siedlungen. Ich freue mich auf den Sommer an Deiner Seite, ich freue mich auf die Wegwarten, mit denen Du mich beschenken wirst."

„Dich näher kennenlernen zu wollen, das ist seit Äonen mein Wunsch...

Colleen, wenn ich mich darauf einlasse, Dich kennenzulernen, dann lasse ich mich darauf ein. Das wird so sein. Ich werde da sein, Dir zuhören und spüren, was geschieht. Den Spiegel, der die eigenen Eitelkeiten nährt, werde ich beiseite legen."

„Ich lese Deine Zeilen. Und ich lese sie noch einmal. Und dann lese ich sie zum dritten Mal. Und jedes Mal erzählen mir die Zeilen zwischen den Zeilen mehr von Dir.
Da ist so viel Dazwischen. Ich bin gerührt, tief bewegt. Unser Vertrautwerden wird ein Prozess sein, den wir zulassen oder ablehnen werden."

„Gestern saß ich bei eisigen Wintertemperaturen am See. 'Mein' Hund Lou spitzt die Ohren, wenn ich leise und scharf 'Mäuschen' sage. Es ist oft so einfach, im Jetzt zu sein."

„Fragen umweben mein gedankliches Bild von dir. Wie klingt Deine Stimme nach dem Aufstehen. Und wann werde ich Dei-ne Stimme erstmals hören?
Wann erzählst du mir eine erste Geschichte. Was ist das Leben? Ein *Geschichtenerzählen*? Ein *Geschichten-hören-wollen*, vielleicht.
Jetzt gehe ich raus, ins Licht, ins Blau, an den See. Die Kohlmeisen läuten."

„Immer wieder öffnen sich in meinem Leben die Bücher der Fragen. Immer wieder.

Wenn alles für jeden ist, wie wird sich das anfühlen? Wenn wir alle besitzlos sind, wer wird die Verantwortung für die besitzlosen Dinge übernehmen? Wird mich der Gedanke, dass eine große Liebe morgen mit dem und übermorgen mit jenem unter dem Sternenhimmel liegt, um anschließend zu verschmelzen, wird mich dieser Gedanke in meinem Inneren vernichten, auffressen, zerstören oder wird er mich beflügeln?
Und da der Frühling unwiderruflich an die Tore hämmert und die Wirklichkeit nicht zu bremsen ist, sage ich vorerst: Caramba, es ist an mir."

„Der Schlaf der folgenden Nacht war tief und traumesschwer. Für den Kaffee am nächsten Morgen war weder Zucker noch Honig im Kabuff. Und so schmeckt der Kaffee einfach nur mittelmäßig, nicht wohltuend köstlich, nicht abgrundtief unbefriedigend, einfach nur so ungefähr."

„Meine heutigen Gedanken teile ich Dir kurz mit. Fragile Gebilde können mit dem ersten Wind, der kalt von den Bergen herunter taumelt, von der Sonne aufgewärmt werden. Ihre kristallinen Strukturen werden sich auflösen, zerschmelzen, mitgerissen werden und schneller vergehen, als ich mir vorzustellen gewagt hätte.
Noch bevor ich sie vor den Stürmen der alltäglichen Bedeutungslosigkeit zu schützen vermag, lösen sie sich vor meinen Augen auf, entweichen, zerstäuben, entfliegen in den Äther des Unendlichen."

„In meinem Innern lechzt jede Stunde nach Begegnung mit Dir.

Die Sonne scheint den ganzen Tag mit ungebremster Vehemenz. Ich wandere auf den Kleeberg. Die gesuchte Liebe sehe ich von dort oben nicht. Wie hoch muss ich steigen, um sie zu erblicken. Wie weit muss ich die Ohren aufspannen, um ihre Stimme zu hören.

Der Tag war lichtdurchflutet, und als die Sonne bereits hinter den Horizont gefallen war, da ist das passiert, worauf ich seit Monaten gewartet habe.

Der erste Amselgesang ertönt, das Eis ist gebrochen, der Frühling ist unaufhaltsam. Mein Herz jubelt und schreit. Colleen, hast Du mich gehört, da oben in Deinem weiten Land."

„Täglich erreichen mich geschriebene Worte von Dir, sie berauschen und betören, Du Betörerin.

Und die Fragen, die Du in den Raum stellst, sind sich selbst beantwortende und nicht beantwortende Aussagen, sie stehen für sich, sie erwarten keine Antwort, sie sind und ich verstehe sie so, wie sie sind.

Draußen klingeln die Blaumeisen...

Wie kann ich etwas vermissen, dass ich noch nicht einmal gesehen habe. Funktioniert Zähmung bereits über Worte? Mit Gedanken und Gefühlen an die Betörerin übergebe ich mich meinen Träumen."

„Hörst Du die lautlosen Rufe, die ich in den Äther schreie. Ist es das Glück, das mir winkt, mich schüttelt, zerrissen zwischen Jetzt und Nie.

Was werde ich sagen, wenn Du mir gegenüber stehst, vielleicht werde ich Dir in tiefster Sprachlosigkeit begegnen."

II. Tertial:

„Heute fällt nicht endender, kalter Winterregen über meinem Land. Ich mache mich auf den Weg zu Dir. Der Regen folgt. Wir haben keine andere Wahl, als das wir uns vor lauter Entzücken unseren inneren Sonnen zuwenden.

Am Morgen küsse ich Dir das Salz von der Haut, ich küsse Dich dort, wo Du zusammenzuckst."

„In der Stunde des Zwielichts beginnt sich die Nacht durchzusetzen. Ein letzter Silberstreif liegt über dem Horizont.

Wir hören den Gesang deiner Stadtamsel. Ich öffne die Tür und sage: 'Guten Abend Frühling, da bist Du.'

Die hereinfließende Kälte ertrage ich, nur eines zählt und das sind die lauten, wohltönenden Strophen des Jubels...

Der Winter ist besiegt."

III. Tertial

„Wir betreten unsere Leben, beseelen uns gegenseitig. Deine Seele, es gibt sie seit Ewigkeiten, ich wusste es nicht und wusste es doch.

Und dann quillt eine Traurigkeit aus mir heraus, wird geschüttet, rüttelt mich, um sich schließlich in grenzenloser Freude zu ergießen."

„Mein Lebensfluss kennt kein Zurück, er plätschert ins Morgen, treibt mich fort, spült mich in neue Gebiete... Dieser Fluss reißt mich mit sich, dieser gewaltige Mahlstrom, er füllt das gefühlte Vakuum zwischen meinen Ohren, er nimmt mich für sich ein, ganz und gar.
Im Außen bin ich still, im Innern tanze ich. Wo tanze ich? Ich tanze dort, wo ich immer tanze. Ich tanze auf einem Vulkan."

„Gestern Abend hat jemand bei mir an die Haustüre geklopft. Merkwürdigerweise hat Lou nicht angeschlagen. Ich öffne die Tür. Der Mangel und das Sehnen standen draußen in der lausig kalten Winternacht.
Seit Monaten lebten die beiden Wesen an meiner Seite, ich hatte es nicht bemerkt. Sie haben geschrien, ich bin ihren Schreien ausgewichen.
Ich habe nicht nach ihnen gerufen. Ungefragt stehen sie an der Pforte.
Colleen, Du bist mir unter so vielen begegnet, die mir nicht begegnet sind.
Ich lasse die Herren hinein. Mit ungeheuerlich dreister Selbstverständlichkeit nehmen sie ungefragt Platz. Während der Mangel und das Sehnen die Kälte der Winternacht in meiner Stube veratmen, beginne ich zu glühen.
Ihr kommt zu spät. In diesem Monat ist mir das Wesen des Glücks und der Traurigkeit begegnet.

Wir trinken Tee. Anschließend entschwinden sie in die Kälte der Nacht, aus der sie kamen."

„In der noch soeben empfundenen Leere breitet sich ein Gedichtsfragment Hermann Hesses aus:"

Und dann ist alles wieder still.
Und weißt du was mein Leben will,
hast du es schon verstanden?
Wie eine Welle im Morgenmeer
will es, rauschend und muschelschwer,
an deiner Seele landen.

„Mein Rücken, liebe Colleen, hat vieles getragen. Materie habe ich bewegt, Klippen wilden Gesteins haben Hände zu Händen geformt. Dem Willen Fremder hat sich mein Rücken nicht gebeugt. Und Federn landeten auf meinen Schultern, machten federleicht.
Doch es ist zumeist das Leben selbst, an dem ich zu tragen habe."

„Ich habe nicht danach gesucht, den Mangel an Liebe, Berührung und gegenseitigem Verstehen, ohne sich erklären zu müssen, zu füllen.
Aber der Fluss, er ist immer da. Dieser Fluss ist mein Leben.
Seit Jahren bin ich unterwegs. Gleichmäßiges Fließen, Strudel, Wasserfälle, tosende Stromschnellen, grüne Wiesen am Wasserrand, unerreichbare Ufer, das alles ist gelebtes Leben.

Und plötzlich steht eine Lichtgestalt am Ufer, die Erfüllung verheißt, vielleicht...

Ich schwimme aus der Mitte des Flusses zum Rand, greife nach dem Glück und spüre, was mir gefehlt hat.

Da ist es. Es fühlt sich gut an. Ich habe es nicht gesucht. Es stand am Ufer, war einfach da. Mache Menschen nennen es Mangel, ich nenne es Liebe.

Wie lange werde ich am Ufer verharren? Vielleicht werde ich weiterströmen, flussabwärts, zum Ozean. Vielleicht wird mich das Glück auf meiner Reise begleiten, ein Stück des Weges an meiner Seite schwimmen. Vielleicht werden wir ins Flachwasser treiben, stranden und so im Vorüberfließen Wuzeln schlagen, vielleicht. Alles scheint möglich...

Der Monat rinnt dahin, er neigt sich seinem Ende, wir fließen mit."

„Es ist tiefster Winter. Und doch ist bereits Frühling. Die Amsel hat es mir mit schönsten Flötentönen vorgepfiffen."

„Unsere Leben sind von denselben Gegensätzen wie Sommer und Winter gekennzeichnet. Berauschende Worte und zurückgezogenes Schweigen, Himmel und Hölle, Flug und Absturz.

Wir spüren uns, sehen uns in die Augen, riechen uns, nehmen inwendig wahr."

„Ich starre auf unbeschriebenes Papier, lese unausgesprochene Worte und erahne das Dazwischen, registriere die Gesamtheit, ganz besonders DAS und ganz besonders DAS ANDERE.

Wie die Schlange vorm Mungo starre ich verschwommen und glasig in die Nacht.

Ich benötige Zeit zur Zähmung. Eine rhythmisierende Brandung entsteht durch die Kontinuität der Bewegung, sie wird immer währen, zuverlässig, sie entwickelt sich, sie entsteht. Und sie kommt nicht mit dem Abendwind, nicht über Nacht und nicht einfach so"...

„Liebste, der Schlaf der letzten Nacht war tief, schwer, traumeslos, narkotisch, er war eben das, als was er von manchen Wesen bezeichnet wird, der kleine Tod."

„Colleen, gelegentlich verhalte ich mich wie ein Tor, wie ein Narr. Das kommt vor, verzeih.

Niemals werde ich Dir sagen, dass dies nie vorkommen wird, schon gar nicht heute Morgen.

Denn: Dann würde mein Tag mit einer Lüge beginnen, mit einer Lüge...

Meine Freuden sind so freudig wie die Abgründe jäh. Verzeih.

Aber: Ich werde wacher, immer mehr. Und ich erkenne. Und aus der Erkenntnis wächst das Neue neu.

Wenn der Evangelist Lukas von der Wahrheit berichtet, dann ist es so, wie es für ihn ist. Es gibt keine Wahrheit. Es gibt meine Wahrheit. Niemals werde ich von meiner Wahrheit sagen, dass es DIE Wahrheit ist. Es wäre vermessen.

Wenn ich in Büchern lese, die Wahrheiten verkünden, dann bin ich stets wach, bin interessiert und kritisch."

„Wer bin ich? Wer darf ich sein?

Stell Dir vor, ich sei ein Glas Erdbeermarmelade. Du findest mich im Warenregal eines Lebensmittelladens, öffnest mich unbezahlt und beginnst heimlich zu naschen. Es wird Dir ein unvergleichlich süßes Vergnügen begegnen, es wird Deine Seele streicheln, Dich aufschmelzen, sich in Dich ergießen und beglücken.

Und Du kannst einfach nicht genug bekommen, genug von dieser zarten Versuchung, Du saugst, Du lutscht, Du leckst und dann passiert es einfach: Du spürst kleine Steine inmitten all der Süße, die Erdbeernüsschen, Du knabberst an Ihnen behutsam, schließlich zermahlst Du sie, ein neues Aroma ergießt sich in Dich...

Süße und Bitternis liegen dicht beieinander, alles ist miteinander verschlungen.

Es ist ein Wundermarmeladenglas. Du hast daraus gelöffelt, hast es geleert. Du verschließt es, siehst es an. Und: Es ist randvoll, nichts fehlt. Du kannst es unbemerkt ins Regal zurückstellen. Niemand wird Deine naschenden Gelüste bemerkt haben. Niemand! Niemand?

Das wäre der größte Irrtum deines Einkaufvergnügens. Für die anderen steht das Glas wieder brav und still im Regal. Für Dich nicht.

Gehe am nächsten Tag am Regal vorbei. Dein Marmeladenglas steht klirrend und vibrierend auf dem blechernen Regalboden, gerade so, als lasse es das Regal durch die

Macht eines Erdbebens tanzen. Dein Glas wird singen und jubeln, wenn es die Nähe der Naschkatze spürt."

„Ich bin Dir im Gestern begegnet, ich begegne Dir im Morgen.
Ich freue mich auf Dich, mehr und mehr...
Colleen, Dein Revier habe ich längst betreten. Es ist groß und weit wie meine Heimat. Erkunden werde ich es, Schritt um Schritt. Und dann werde ich mich auf den Rücken legen, die Arme ins Blau strecken, die Handflächen öffnen und Dich einladen, Dich hineinzulegen, Schutz bietend... Schützen möchte ich Dich, zarte Seele meiner Dämmertage"...

„Diffus hing der Hochnebel unter den Himmeln. Jetzt durchbricht die Sonne das zarte Weiß, sie wird die Herrschaft am Himmel erzwingen.
Es ist die Zeit des Brechens, es ist die Zeit des Wandels, des Neubeginns, des Anfangs. Die Sonne beginnt die innere Schwere aufzulösen.
Heute Nachmittag werde ich ins Hügelland wandern, um den vergessenen Tag zu besuchen."

„Der heutige Tag ist groß, soviel Licht, soviel Leuchten, soviel Frühling und so viel Liebe. Und wenn das alles in mir tönt und schreit und jubelt, dann kann ich es beinahe nicht aushalten. Zuviel Frühling ist übermächtig, zu viel Liebe ist unerträglich."

„Von meinem Land erzähle ich Dir:
Mein Land ist hügelig. Die Flächen sind klein. Das ist mein Westfalenland, das ist meine Scholle, hier bin ich geboren.

Dieses Land, das im Herbst nach Kraut und Rüben riecht, heute bricht es auf, es wird vom Vorfrühling überflutet. Ich spüre diesen unbändigen Puls des Erwachens, Deinen nicht."

„Ich möchte meine kühle Nase in deine Höhlen tauchen, mein Gesicht mit Deinem Aroma benetzen, um nicht zu vergessen, wie Dein Duft mich trägt. Du fehlst mir."

„Kloster Möllenbeck, hier war ich lange nicht. Ich grüße dich, du magischer Ort...
Am Bach blühen die Schneeglöckchen...   immer wieder Schneeglöckchen...   und immer mehr. Dieses Frühlingserwachen glitzert und flammt...

Sobald Du den Weg in mein Land findest, werde ich Dich mit einem Wochenende Ewigkeit überschütten...
Der heutige Tag war so BLAU, einfach so BLAU. Ein letzter Blick ins Licht, bevor mich die Nacht wieder bettet. Draußen singt eine Amsel.

Eine Geschichte möchte ich Dir noch vorlesen. Oder eine hören. Oder einfach nur in den Telefonhörer lauschen, Deine Nähe fühlen und vergehen."

Laurins zweite Begegnung mit Amira

Klarwasser im Februar

„Amira, das muss ein wunderbarer Landstrich sein, das Land der Feen und Steintrolle, Dein Land eben. Es wird der Tag kommen, da ich Dich dort besuche.
Unter meinem Balkon haust ein knautriger Troll, sein Name ist Bertold. Er ist etwas verstockt und wortkarg. Niedersächsische Gewohnheiten hat er angenommen. Auch Grünkohl mag er. Im Winter besucht er mich manchmal, wenn es ihm zu kalt wird. Laika (das ist 'meine' Hündin, die mich vor den Beleckern und Aussaugern der Welt beschützt) mag ihn. Sie mag ihn ganz besonders deswegen, da Bertold kein Hundefutter verzehrt."

Djamil begegnet Colleen im März-Monolog

aus der Zwischenwelt

I. Tertial:

„In beinahe jeder Deiner Zeilen spüre ich das, was ich tiefes Empfinden nenne.

Colleen, Wesen der Nacht, Wüstenblume und wegweisender Stern, mein Leuchten und Zauber, mehr kann ich nicht schreiben als dies: Ich glaube an die grenzenlose Liebe. Hatte ich jemals zuvor so ein bedingungsloses JA zu einem Menschen?"

„Wird unser nächstes Rendezvous ein weiteres endloses Ansehen, ein Blicke halten, eine sachte Berührung, ein sanfter Hauch am Hals, ein vorsichtiges Umschlingen, das Spüren unserer Atem, unserer Atemlosigkeit.
Erst DAS vielleicht, um zu spüren, dass es unermesslich ist...
Und das es nicht nur *auszuhalten* ist, ja *ausgehalte*n werden möchte, um die Erfahrung nicht endender Berührung im Nichtberühren unseres irdischen Daseins zu erfahren.
Dies ist Weltklang und Sternenglanz, es ist die Rhythmik des Herzens und schrankenloses Glück.
Draußen schlagen Finken, eine Kohlmeise klingelt, das Leben ist groß.
Sonne, Sonne, Sonne, in mein Herz, in Dein Herz...
Colleen, zart beseeltes Wesen, Zurückhaltende, Feinfühlende und Einfühlsame, wo immer Du bist, ich werde Dich tragen."

„Liebste, welche Straßenschluchten werde ich durchgehen, welche Ströme queren, nur um Deine Stimme zu hören. Leben ist Warten. Leben ist Spannung. Alles andere sind lediglich Fermente fader Masse. Ich warte"...

„Geflecht meiner Seele, welcher Berg ist hoch genug, um die Leiden der Welt zu überblicken. Welche Strömung wird mich mit sich reißen, wenn die Grenzen zwischen Liebe und Schmerz zerfließen.

Wird es mir gelingen, mein duales Denken zu überwinden, um wahres Eins zu erleben. Werde ich in der Überwindung des Ersehnten dem Glück begegnen. Wird es mir gelingen, mein Schwert zu ziehen, um die Knoten des Alten, des Überholten zu durchschlagen. Kann es geschehen, einfach im Hier zu sein?

Das Glück stellt sich so einfach dar. Es liegt zwischen faulendem Holz, sprießendem Grün und dem Speichel der Lust. Nicht die Philosophie steht mir nahe, es ist die Animalität, die mich lieben und leben lässt.

Mein Herz ist ein Sehnen, ein Sehnen nach Deinem Atem, dem Geschmack Deines Speichels am Morgen, dem Aroma Deiner Achseln, dem Glanz Deiner Augen, den Säften Deines Inneren, dem Klang Deiner Lust, dem Spüren Deiner Fingernägel in ungestümer Lust und dies im Wechsel zartester Versuchung und wildester Begierde."

„Die heutige Nacht ist kalt und klar. Der zunehmende Mond strahlt nicht mehr das ihm eigene silbrige Licht des Winters über das Land, sein Licht tendiert bereits deutlich zu rötlichen Tönen. Spürt er, dass der Frühling in der Luft liegt?

Kraniche ziehen über die Hügel meiner Heimat nach Norden ihren Brutgebieten entgegen.

Der Frühling ist unwiederbringlich...

Dir schicke ich das Gurren der Kraniche in Deine Träume, ein Stück Heimkehr"...

III. Tertial:

„Ich bin kein Geistlicher, eher ein Schöngeist. Ich bin auch kein Christ, kein Buddhist, kein Hindu und Brahmane, eher ein Ungläubiger, dem eine gewisse Spiritualität nachgesagt wird.

Weshalb ist es den Menschen so wichtig, einen Glauben, eine Spiritualität, einen Zauber zu leben. Das Leben steht für sich selbst und es ist großartig.

Ich bin kein Mann des Geistes. Ich bin ein einfacher Geist. Meine Hände wollen die Erde bewegen, den Sand durch die Finger rieseln lassen, des gärenden Schlammes Geruch riechen, das Holz spalten, die Pflanzen ernten, den Fisch jagen"...

„Der Traum der vergangenen Nacht barg wildes Verlangen: Eine fremde Frau begegnete mir. Sie leckte mir die Worte von den Lippen. Sie legte ihre Hand nach all den Vielleichts auf ihre Scham. Sie sagte, dass auf all die WENNS das IST folgt. Sie begann zu spielen. Sie streifte mir die Sehnsucht vom Kinn bis zur Stirn mit ihrer züngelnden Zunge übers Gesicht. Sie zog mich zu sich heran, verlangend, bestimmend, verzehrend.

In welche Höhle würde mich die Fremde ziehen, um meinen Körper in ihrer Lust zu ertränken. Anspannung, Erregung und Angst vernebeln meinen Verstand. Ich werde schreien. Ich schreie. Keiner hört es. Doch für uns werden die Schreie zur unumgänglichen Gewissheit, sie werden das sein, was sie schon sind.

Ihre Scham werde ich spreizen, ihr Zentrum reizen und ihr dabei in die Augen sehen. Und die Lust flammt stärker denn je, sie zischt und sprudelt, jetzt und immerdar.

Wer war diese Fremde. Ich denke, wir kennen sie."

„Colleen, Mitte Mai werde ich mich mit meinem neuen Revier vertrauter machen, mehr und mehr...

Es liegt im Dunkelland, eben dort, wo die Nacht schwarz ist. Doch aus dem Schwarz leuchten rote Augen, überall und unheimlich."

Feodor spricht zu Djamil

Blumental im März

„Djamil, ich Feodor spreche zu Dir.

Bedenke dieses: Holzmichel und Kaspar, sie sind Vereinte im Geiste. Sie begegnen sich am Moorsee, wenn die wilden Nebel das Land verschlucken, wenn die Squonks aus ihren Erdlöchern kriechen, um Dir, mein guter Djamil, in Deinen Träumen zu begegnen. Sie sind die wirklichen Wesen Deiner Träume, sie sind einzig, sie sind wahr und sie sind scheu.

Mit Melchior, dem Krieger des Lichts, sind sie längst vertraut. Sie tanzen des Nachts den gemeinsamen Reigen, schweben über der Leichtigkeit der Wollgräser und verwandeln sich beständig zu feinsten Luftgewässern über dem Moor.

Djamil, lausche in die Nacht, richte Deine Ohren zum Moorland, vernimmst Du die Stimmen über den gärenden Schlämmen?

Die Einzigartigkeit ihrer Wahrheiten und ihre Scheu werden zur Liebe vereint werden. Sie wird Dich zu den Bergen erheben, da Du ihnen die Hand reichst.

Reichende Hände, mein guter Freund, sie werden Deine Suche beenden. Den Hafen steuerst Du an. Den Hafen der berührenden Seelen, er liegt in greifbarer Nähe.

Glaube mir, Deine Zeit ist gekommen. Diese Wahrheit ist es, die ich empfangen habe. Laurin flüsterte sie mir einst zu."

Djamils Zeilen an die Liebe

Oppenweher Moor im März

du Zauberin der Worte
Betörende meiner Sinne
aufgehende Sonne meines Dunkels
du Leinwand meines Geistes

ich
erwachender Moosdüsterling
grottenschwerer Olm
und träges Tier

in mir, nur noch in mir
die statische Zunge des Leguans
blutlos erschöpft
phlegmatisch und winterschwer

Verspüren der neuen Quelle
Labsal der Feuchtigkeit
züngelnd am Tropf deines Schoßes
Zentrum deiner Lust

großer Vater
Schöpfer der Universen
Bewahrender des Lichts
Dompteur der Fratzen

Herr der Leguane
Verfasser aller Verfassungen
Gott aller Götter
leite mich in unendlich wirrem Flug

Von Tarsieren und Squonks

Während ich mich am blühenden Huflattich, der seine gelben Blüten der gleißenden Märzsonne entgegenstreckt, erfreue, bückt sich Laurin zu mir herunter und flüstert in mein Ohr: „Soeben war ich in Deinem Heim. Ich fragte mich, weshalb Du nicht zu Hause warst. Mein guter alter Freund, auch ich komme in die Jahre. Die vergangenen Jahrhunderte nahmen kein Ende. Ich brauche etwas Ruhe. Djamil, bei Dir finde ich sie.

Bereits Sekunden später war mir klar, dass ich Dich auf der lehmigen Ödlandfläche finde. Ich kenne Deine Vorlieben, ich weiß, dass Dein Herz den Tundren, Wüsten und Steppen gehört, eben all den Orten, in denen der Horizont weit ist.

Und jetzt, da sich der Huflattich seinen Weg durch den hart verkrusteten Lehm bricht, da war ich mir sicher, dass Du mit Lou die alte Lehmkuhle aufsuchst. Nur hier wirst Du am heutigen Tag Dein Sehnen nach Zärte und Vollkommenheit erfüllen können."

„Laurin, mein Herz ist voller Freude, Dich heute noch begrüßen zu dürfen. Es hat so viele Fragen. Laurin, mich dürstet nach neuen Lektionen. Bitte erzähle mir von den Wesen."

„Lieber Djamil, ungläubiger Freund, ich kenne Deine Skepsis gegenüber all den nicht greifbaren Dingen. Doch nach und nach wirst du erkennen, dass die Welt weiter ist, als Du es Dir je vorstellen konntest. Voller Achtsamkeit werde ich Dir die Dinge des uns umgebenden Seins nahe bringen. Wir haben so viel Zeit." „Meine Zeit auf Erden ist begrenzt, Laurin", entgegne ich.

„Mein Freund, vertraue mir, wir haben alle Zeit dieser Welt. Ich begleite Dich seit Jahrmillionen. Nie wurde ich ungeduldig. Ich habe Dich immer geliebt. Ich habe Dich so geliebt, wie ich Dich erschaffen habe. Von Beginn an wusste ich, wer Du bist. Du bist mein Erwählter.

Ich bin so müde. Mein Weg war so weit, so lang. Mein Ziel ist nah. Es kommt die Zeit, da ich Dir mein Zepter übergebe.

Die heutige Lektion ist kurz. Höre, was ich zu sagen habe:

Im Jahre 1785 durfte ich Zeuge einer Auseinandersetzung gegenüber den von mir hochverehrten Gelehrten Büsson und Schreber werden. Ihre Beschreibungen über den Tarsier, der heute gemeinhin als Philippinischer Koboldmaki bezeichnet wird, wichen erheblich voneinander ab.

Erst Professor B. S. Nau, Ordinarius der Kameralwissenschaften an der Universität zu Mainz, ist es zu verdanken, dass wir heute ein genaues Bild dieser überaus interessanten Herrentierart haben.

In der Schriftenreihe 'Der Naturforscher' veröffentlichte er 1791 eine äußerst detaillierte Beschreibung des Tarsiers.

Niemand bezweifelt heute mehr die Existenz der Tarsiere, mein guter Djamil.

Professor Nau unternahm einige Jahre zuvor eine Dienstreise in die Vereinigten Staaten. In Pennsylvania wurde ihm erstmals von Landmenschen über das geheime Leben der Squonks berichtet.

So sehr sich der Ordinarius auch bemühte, es gelang ihm nicht, mit diesen bis heute geheimnisumwitterten Wesen Kontakt aufzunehmen.

Auch Henry D. Thoreau konnte die Nachwelt nicht von der Anwesenheit der Squonks überzeugen. Die Squonks begannen sich unbemerkt bis ins Territorium der Che, die wir heute fälschlicherweise als Araukaner bezeichnen, auszubreiten.

Im Jahr 1985 streifte ich mit einem Nachfahren der Picunche durch die Waldregionen östlich des Vulkanberges, des Villaricca. Er war ein Waldläufer. Nichts entging ihm. Der Picunche stand in sehr gutem Kontakt zu einem in die Jahre gekommenen Squonk. Du kannst Dir meine Aufregung kaum vorstellen, der Picunche führte mich während unseres dritten Waldganges zu Segundo. Während mir der Name des Indianers bedauerlicherweise entfallen ist, den Namen des alten Squonks werde ich nie vergessen. Segundo, welch Wohlklang, welch weises Geschöpf.

Segundo reichte uns Kokablätter, einen Matetee und Früchte des Waldes.

Es war einer dieser heißen Sommertage im Dezember, wir lagerten im Schatten dieser gewaltigen Nothofagen, dieser Südbuchen, als ein weiteres Wunder geschah.

Segundo machte uns mit dem kleinen Volk bekannt. Aber das ist eine ganz andere Geschichte, eine andere Lektion...

Djamil, ich sehe noch immer die Zweifel in Deinen Augen. Doch ich möchte unbedacht dessen, was Dich zweifeln lässt, fortfahren.

Im warmen Mulm vermodernder Baumstammcanyons entwickelt sich die Brut der Squonks. Hier in der Tiefe der

Schluchten sind sie sicher geschützt vor der Kraft des Silberlöwen.

Diese Canyons sind warm, von ungeheuren Ausmaßen und sicher vor den Wirren des umgebenden wilden Waldes.

Dieses Foto soll Dir, ungläubiger Djamil, als Beweis ihrer Existenz dienen."

die gewaltigen Baumstammcanyons abgestorbener Nothofagen

„Ach Laurin, verzeih mir Zweifler. Ich danke Dir für Deine unendliche Geduld. Ich danke Dir, dass Du mich auf neue Wege führst. Du bist mir vertraut. Du bist mein Freund."

„Djamil, es wird der Tag kommen, da ich Dich den Squonks vorstellen werde.

Den Inhalt meiner Seekiste, einige Werkzeuge, ein Feldstecher, ein Gaskocher, Kochgeschirr, topografische Karten sowie Bestimmungsliteratur, ich überließ es dem Picunche. Anschließend verstaute ich ein Stück dieses süßmürben Holzes, dieses alten Pellin, der an seinem Fuß gute zwei Meter Durchmesser maß, in der Kiste.

Ich trat die Heimreise an. Zu Hause legte ich das Holzstück in einen stillen Winkel meines Gartens. Dort zwischen Brennnesselbeständen und der Wärme des Komposthaufens, dort legte ich es hin.

Ich befolgte Segundos Rat. Nie wieder rührte ich das Pellinholz an, ich habe es einem stillen Plätzchen übergeben, dort liegt es noch heute. Ich weiß nicht einmal, ob es mittlerweile nicht vollends zerfallen ist. Aber eines durfte ich etliche Jahre später erfahren.

Laika und ich saßen an unserem Lieblingsplatz am Rande eines Erlenbruchs. Von hier aus beobachten wir jährlich im zeitigen Frühjahr die Balz der Birkhühner. Weit reicht der Blick von hier über das weite Moorland.

Plötzlich stupste eine winzig feuchte Nase an meine Wange und sagte ‚Du bist es, ich danke Dir im Namen meiner Brüder und Schwestern. Ich danke Dir, dass Du uns in die Welt gebracht hast. Wenn Dich Dein Weg einmal wieder zum Villaricca führen sollte, bitte grüße Segundo, unseren Urvater.‘ Der Squonk fiel auf die Knie und faltete seine Hände. Er sah mich an, seine Augen waren Liebe, waren Demut. Mit dem wohlklingenden Wort ‚AN'ANASHA‘ verbeugte er sich, um anschließend wieder im Bruch zu verschwinden.

Nun werde ich gehen. Ich würde mich freuen, wenn Du morgen auf ein paar Datteln und einen Tee zu mir kommst."

„Bis morgen Laurin."

Djamil begegnet Colleen im April-Monolog

aus der Zwischenwelt

I. Tertial:

„Wenn Du Dich heute auf den weiten Weg zu mir machst, dann vergiss bitte nicht ein Stück Deines blauen Himmels, der Dein Land zurzeit überspannt, mitzubringen."

II. Tertial:

„Du lebst im Rückzug. Etwas ist geschehen. Was? Ich weiß es nicht. Du schweigst. Die Einsamkeit ist grenzenlos."

„Es ist Neumond. Es ist kalt. Mit Lou bin ich frierend eine Stunde durch die Nacht gegangen. Die Straßenlaternen sind erloschen. Die Nacht ist dunkel und abweisend. Aus dem tiefschwarzen Himmel strahlen Myriaden von Sternen.
Es ist so dunkel hier draußen. Und in meinem Heim, wird es dort lichter sein? Ich weiß es nicht.
Keine Sternschnuppe fiel vom Himmel, keine. Es gibt Tage, da bringt kein Licht der Welt den zarten König zum Strahlen."

„Heute Nacht ist ein Teil von mir gestorben. Dein Schweigen hat mich getötet, verbrannt.
An Deiner Unverbindlichkeit bin ich gescheitert. An Deinem Schweigen werde ich vergehen."

„In mir bebt und schwingt die Welt. Ich erzähle vom Fels und vom Wasser, von der Einsamkeit und der Sehnsucht... Durch den Äther drängen sich Gerüche auf, ich höre die stillen Schreie der Verzweifelten und ich kann sie nie vergessen... Sie toben in mir, während ich schweige.
Erst im Mitteilen werden wir uns begegnen. Niemals in der Spekulation."

„Ich ziehe meine wölfischen Pfade. Eine Wölfin begegnet mir. Sie zeigt mir die schaumigen Blasen am Ufer des Moorsees. Sie sprudelt voller Begeisterung. Sie lässt mich teilhaben an ihrer Freude, an ihren Glück... das ist Begegnung, das ist wunderbar.
Dann wieder verschließt sich ihr Herz, ich erahne graue, tiefe Schluchten. Ich blicke ins Antlitz der Traurigkeit.
Was mache ich mit dem Tag? Draußen jubiliert und donnert der Frühling mit allem, was er zu bieten hat... Das schönste an der Versuchung ist, ihr nachzugehen... Ich gehe"...

„Von den Blüten erzähle ich Dir:
In unwiderstehlicher Manier drücken sich die fleischig saftigen Stängel des Wiesenschaumkrautes der Sonne entgegen. Als ob die Welt nur aus Tulpen und Narzissen bestünde. Weshalb sehen die Menschen nicht das Wunder am Wegesrand... Sieh Dir nur die feine Zeichnung der Blüten an. Zarte, violette Linien durchziehen das Weiß der Blütenblätter.
Tulpen, verzeiht meine Gleichgültigkeit gegenüber Eurer Pracht, die ihr Millionen von Menschen in die Augen zaubert.

Stumpf und simpel ist mein Empfinden euch gegenüber, verzeiht.

Was seid ihr schon gegenüber den Wiesenblumen, die mein Herz millionenfach beglücken. Langweilig seid ihr, langweilig, fett und dumpf. Verzeiht.

Das Rot der Zierquitten ist unverschämt und umwegslos. Es ist aufrichtig und dabei von festem Charakter. Die Zierquitte ist der heimliche Gewinner des heutigen Tages. Liebste, ich fließe über bei so viel Frühling. So oder so.

Im Park blüht die Blut-Johannisbeere. Die Menschen gehen an ihr vorüber, sehen sie nicht einmal an. Warum? Kann man an so viel Farbe vorübergehen, ohne innezuhalten. Kräftiges Rot zerfließt Richtung Kelch in lichtes Rosa. Beim Betrachten ihrer giftgrünen Blätter wird mir deren Jungfräulichkeit bewusst.

Das ist der Frühling. Ob die Blätter bereits eine Ahnung vom Sommer haben, von der Zeit, da sie zu dunkeln beginnen. Frühling und Sommer, diese Zeiten sind so unterschiedlich. Das Ausharren und Reifen wird das Werden ablösen. Blut-Johannisbeeren, benebelt stehe ich vor eurem Geheimnis. Mir kommen ernste Zweifel, ob ich nicht vielleicht sie statt die Zierquitte zum Helden des Tages erklären solle...

Schließlich stehe ich vor einer Magnolie. Wie beschreibe ich ihre Farbe. Magenta vielleicht. Violett gar. Altrosarot mindestens. Nein, keine der beschriebenen Farben vermag den Ton zu treffen. Der Farbton, der am ehesten zutrifft, nennt sich Klarheit. Merkwürdigerweise finde ich ihn auf keiner Farbkarte. Und spätestens seit heute weiß ich, dass die Entwickler von Farbkarten aus dem Tal der Ahnungslosen stammen."

„Jede Sekunde verlangt mein Atem nach Deiner Seele, sucht den Gleichklang Deines Herzens, verzehrt sich nach Deinen Händen, wenn sie, ohne mich zu berühren, über meiner Stirn schweben und ihre Schwingungen mein zitterndes Ich erbeben lassen. Dein Odem fließt in mich, verbraucht und doch frischer als das Wasser der Quelle.

Liebste, auf das Salz in der Suppe kann ich verzichten, ohne Dein Wort sterbe ich.“

III. Tertial:

„Heute genieße ich am See ein erstes Sonnenbad mit freiem Oberkörper, das erste Sonnenbad seit dem letzten Oktober. Bewegt war ich von so viel Sprießen und Entstehen. Meine Seele hat bekommen, wonach sie gesucht hat.“

Djamils Fall

Heute ist ein trüber Tag. Die Sonne ist vom Himmel gestürzt, ich falle, falle tief ins Haltlose. Wenn die Liebe wackelt, wackle ich. Meine Gedanken, ich lasse sie fließen:

Ich gehe in die Nacht, um dem Vergessen zu begegnen.

Ich sehe die grauen Nachmittage, wo der gebeutelte Rest vegetiert.

Ich hebe mein Haupt zu den Himmelsfernen, wo Ängste zu luftigen Lösungen zerstäuben.

Ich ziehe in die vergangenen Vorbeis, wo die Liebe dem Krieg vergeben hat.

Ich kratze an verschlossenen Toren, wo der Schliff das Blut aus tumben Nägeln tropft.

Ich umarme die Schutzbedürftigen und finde mich in ihnen.

Ich rieche die Eingelegten und Unaufrichtigen und verbrenne mich an Wahn und Wankelmut.

Ich schlage in die unerträgliche Fresse der Gleichgültigkeit bis grüne Eiter fließen.

Ich suche Trauer und finde Trübsal.

Ich tauche hinab zu Unterwasser-Gebirgen und vergesse das Sinken.

Ich begegne dem Herrn und kenne ihn nicht.

Ich besuche die Toten, um mit ihnen zu sprechen.

Und wenn mir das Glück entgegen kommt, werde ich es wohl übersehen.

Von Moosdüsterligen, Röhrenbenasten und Rotzlingen

Oppenweher Moor im April

Laurin entgeht im Draußen keine Bewegung. Dies teilen wir. Wir sind beide wach. Voller Freude weisen wir uns gegenseitig auf die seh-, hör- und riechbaren Wunder hin.

Doch es gibt viel mehr als das. Dies wird mir immer bewusster.

Heute weiht mich Laurin in weitere Welten ein. Wir durchstreifen die Uferregionen der Elbe zwischen Dömitz und Schnackenburg. Ein Flussregenpfeifer landet auf einer Sandfläche am Fluss. Wir begrüßen ihn.

Ich bin ein Wald- und Steppenlandgeher. Mein Land ist mir bekannt. Doch erst seitdem ich Laurin kenne, da wird es mir wirklich vertraut.

Diese weitgehend unentdeckten Gefilde werden von den Moosdüsterlingen, den schniefenden Rotzlingen und Naslingen bewohnt.

Laurin eröffnet die nächste Lektion:

„Moosdüsterlinge und Rotzlinge sind Gesellen, die ihre Mitwesen gelegentlich etwas schnodderig behandeln. Sie leben ausschließlich an Flüssen und Seen. Sie hausen im vermoosten Gehölz der saisonal befluteten Areale, in deren verästelten Gezweig sie Schutz vor Raubfischen und Vögeln finden. Mit diesen ruppigen Wesen, die allesamt den Butzemännchen zuzuordnen sind, ist, so man sich ihnen achtsam nähert, recht gut Kirschen essen. Sie mögen Menschen. Nur:

Die Menschen wissen in der Regel nichts von ihrer Existenz. Und da es nicht ihrem Wesen entspricht, sich aufzudrängen, deshalb sind sie den meisten Menschen unbekannt.

Die Naslinge sind direkte Verwandte der Röhrenbenasten. Und letztere gehören wie die Moosdüsterlinge und schniefenden Rotzlinge zur Ordnung der Butzemännchen.

Den Naslingen ist allerdings nicht der schroffe, unwirsche Charakter der Rotzlinge zu eigen. Ihr Wesen hat etwas elfenhaftes. Filigranität zeichnet sie aus. Mit ihren Nasen suchen sie Erdung, doch ein kleines Lüftchen treibt sie in die Unendlichkeiten, in denen sie sich verlieren.

das grobe Wurzelwerk der Schwemmzonen ist die Heimat der Moosdüsterlinge und Rotzlinge...

Dann kommt es vor, dass die ungehobelten, triefschniefenden Rotzlinge ihre klebrigen Fäden dem Universum entgegenwerfen, um die Naslinge zurückzuholen.

Rotzlinge sind taktlos rüpelhafte Wesen. Doch wisse eines, mein guter Freund, die Hilfsbereitschaft der Rotzlinge ist so grenzenlos wie ihr Herz warm.

Und manchmal ist es genau andersherum; dann fallen die Rotzlinge vor lauter schwerem Mut von ihren Angelästen und übergeben sich den Strudeln dunkler Flüsse. Sodann eilen die Naslinge herbei, kreisen über den Wassern und ziehen die Rotzlinge aus den Fluten.

Und weißt Du, was Sie den rettenden feenhaften Naslingen als Dank entgegen flüstern (sie flüstern, denn die Ohren der Naslinge sind so sensitiv wie ihre Herzen sensibel...)

Horche in die die Unendlichkeit Djamil, vielleicht hörst Du das leise Flüstern der Rotzlinge."

Hier endet mein Bericht aus kaltem Mooses Grund, der Bericht von topografischen Schwemmzonen."

im zarten Geäst siedeln die Naslinge

„Laurin, es ist einfach wunderbar mit all den anderen Wesen in Kontakt zu treten.

Squonks, Trolle, Rotzlinge, Feen, Kobolde und all die anderen fremdartigen Wesen aus der Zwischenwelt, sie bereichern mein Leben, das fortan ein anderes sein wird."

„Djamil, Du bist in einem Prozess. Immer mehr wird Dir die Komplexizität und die Einfachheit der Welten bewusst. Du stehst nicht mehr auf der einen Seite. Du betrittst gerade die andere. Und Du begreifst, dass die beiden Seiten EINS sind.
Meine nächste Lektion werde ich Dir nicht mitteilen. Lediglich das eine sage ich: Gehe heute Abend in der bevorstehenden warmen Aprilnacht alleine Deinen Weg mit Lou ins Feld. Lege Dich am Schlehengesträuch auf den vertrauten Pfad, lasse Deinen Blick ins Sterneneinerlei schweifen, lausche den Fröschen und genieße die Königin der Nacht, lasse Dir die warme Sternennacht von der wimmernden Nachtigall versüßen. Doch: Sei wacher denn je. Nehme wahr. Beobachte Lou. Er steht vom Anbeginn an im Kontakt mit den Wesen.
Meine heutige Lektion lautet. Entdecke selbst!"

Der erste Tag...

Das frühlingshafte, gelbgrüne Maiengrün der Wintergerste beginnt sein Kleid zu wechseln. Gelbes Wehen streicht über die Ähren.
Die Veränderungen finden im Täglichen statt. Mit drohender Gebärde pulsiert der Sommer vor den Pforten, hinter denen bereits die schweigende Stille des Kommenden wartet.

Mit dem Sinken des Mondes erhebt sich die Sonne. Sie streckt sich dem jährlichen Höhepunkt entgegen.
In wenigen Tagen werde ich die Sommersonnenwende im Innern begehen.
Von Tag zu Tag verändern sich die Farben der Gerste. Ein Gelbspötter, versteckt zwischen den lanzettlichen Blättern einer Bruchweide, spottet auf die umgebende Welt. Weshalb tut er das. Glaubt er allen Ernstes, er könne dem unabwend-

baren Geschehen unserer Lichterwelt sein Liedchen entgegensetzen.

Das Wunder ereignet sich, während sich eine Groppe aus der Strömung in den Schutz eines Kiesels legt und die Goldammer in unentwegt monotoner Liebe den Sommer einleitet. Das Wunder umgibt mich, dieses Wunder vollzieht sich in mir.

Das Licht bricht sich im Schatten des Seins.

Die Kraftfelder des Dostes schieben unentwegt ätherische Öle höchster Qualität in die Strukturen ihrer Mutter.
Ach, all dieses Werden ist obligat, es ist lange beschlossen, es wird sein, mich führen, in sich ziehen und mich berühren.

Laurin tritt aus dem Schatten des Lindenrondells. Ich bin nicht überrascht. Ich habe ihn erwartet.

Wir setzen uns an den Fluss, unsere Begleiter Laika und Lou legen sich hinein.

Vorbeiziehendes Wasser, Plätschern, Lebensgeläut, so ist dieser Sonnentag. Kalt und klar sind die Groppengewässer.

Laurin sagt: „So wie unsere erste Begegnung bei Entrup an unserem ersten Tag war, so war auch die nächste Begegnung im Moorland an unserem erster Tag.
Und heute ist es genauso. So wird es immer sein, alle Tage bis zum letzten Tag unseres Seins. Immer wird es der erste Tag sein."

Ich nicke.

„Und wenn der Wind des Vergessens über die Gerste streicht, so wird es der erste Tag sein", fährt er fort.

Ich schweige.

„So war es. So wird es sein. Und wenn einst die Erntewagen über das Grasland fahren, wenn Flammen der Inbrunst die Stoppeln verschlingen und der schwere Lehm gebrochen und von beißendem Frost gegart wird, wenn Kinder in der kommenden Kaltzeit über die verschneite Welt rodeln und Menschen frierend von einem Bein aufs andere treten, während sie ihre kaltroten Finger an Glühweinbechern wärmen, dieses alles und noch viel mehr, es wird an unserem ersten Tag sein."

Ich sage nichts, wohl wissend, dass die Abläufe zwangsläufig und unabwendbar sind.

„Sieh hinüber zu den Hügeln", flüstert Laurin mir zu. „Von Tag zu Tag werden ihre Kuppen runder. Der Gezeitenhobel schleift unentwegt. Er fragt uns nicht. Die Menschen registrieren es mitnichten."

Still stimme ich zu. Schließlich füge ich hinzu: „Ach, mein guter Laurin, warum sagst Du mir das, was ich Dir soeben erzählen wollte. Weshalb kommst Du mir stets zuvor?"

Laurin sieht mir in die Augen. Nie zuvor ist mir so viel Güte begegnet. Wir sehen uns unablässig und unentwegt an.

„Mache Dich nicht von den Taten der Fremden und schon gar nicht von denen der Nahen abhängig. Die Dich nicht teilhaben lassen, die Ichzentrierten, die Vermeider, die Unberührbaren, wende Dich von ihnen ab.
Gehe Deinen Weg. Dies wird am ersten Tag stattfinden."

Warum gerade jetzt der Gelbspötter erneut intoniert, ich werde es unbeantwortet lassen. Und doch habe ich seine pfeifenden Töne verstanden, seine Gedanken gelesen.

Und während mir die letzten Silben des spottenden Sängers über die Lippen fließen, da spricht Laurin bereits die antwortenden Worte des Wissens: „Du hörst die Antwort unseres fröhlichen Musikanten aus dem Weidengesträuch. Verstehst Du sie?
Von seinem knarrend, knäksenden Liedchen geht dieselbe Unendlichkeit aus, wie die unseres ersten Tages. Es ist der erste Tag und er erzählt vom Wendekreis des kommenden Lichterfestes und der kürzesten Nacht."

„Diese Nacht ist die Wende, mein guter Laurin. Es ist meine Wende.

Die Lichter fallen vom Himmel in dieser Nacht. Und mit dem stigmatisierten Lauf der Dinge wird das kommen, was ich so sehr fürchte."

Laurin versucht mich zu beschwichtigen, während er sein Zentrum beschreibt:
„Ich bin der Wanderer in Waldes Dunkel, der Beschwörer der Nacht, der ungefragt Suchende, der lichtseits Schreiende, der vor den Schädel Hämmernde und der wegwärts Schweifende. Ich bin Dein Freund. Deine Angst werde ich geraderichten. Deine Liebe wächst seit dem Tag, an dem wir lernten, eine gemeinsame Sprache zu kultivieren."

Laurins heutiges Dasein war so erwartet, wie ich es nicht erwartet habe.
Sein Schritt ist autoritär und dabei von erschütternder Stille. Und wenn er da ist, dann ist er einfach da. Seine Präsenz ist gelebtes Jetzt, es ist stärker als das Leuchten des silbrigen Wintermondes.

Ich denke, dass ich die Sommersonnenwende mit ihm verbringen werde. Auf einem meiner geliebten Hügel allein zu zweit...

Nach wütend rasendem Veitstanz werden wir schließlich in uns zusammensinken, am Feuer liegen und die kurze Nacht warten, bis das der Tag erneut regiert.
Traumentrückt werden uns die Nächte vorm Johannistag die Last nehmen, wir zwei werden im wahrsten Sinne des Wortes verzaubert, wir werden ver-rückt aus des Wesens ureigenster Mitte.
Verrücken, ver-rücken, verrückt, ver-rückt, welch wundersame Vorstellung.

Welche Götter, welche Geister werden uns in der Nacht der Nächte beiwohnen? Ist's Walküre gar?

Keine Götter werden dort sein, keine!

Wir werden es sein, nur Laurin und ich, und eines ist gewiss: Es wird an unserem ersten Tag sein.

Noch werden wir vom Amselgesang betont und betört. Doch schon sehr bald, wenn die Buchenwälder zu schwitzen beginnen, wenn sich ihr zartes Frühlingsgrün längst in das Grün des Sommers gewandelt hat und die Aprikosen satt und reif an den Bäumen hängen, dann beginnt sich der Stille Last im Kleid des Schweigens über mein Land zu legen.
Dann hat der Sommer begonnen. Dann ist der erste Tag.

Djamil begegnet Colleen im Mai-Monolog

aus der Zwischenwelt im Mai

III. Tertial:

„Meine Balkontür ist geöffnet. Laut besingt die Amsel die werdende Nacht. Wasserfrösche quaken am nahen Weiher. Eine Nachtigall tönt aus der Ferne. Der Sprosser hinter der Mauer Deines Gartens wird das gleiche tun, vermutlich.
Ich kann ihn nicht hören, soweit ich die Tür zur Terrasse auch geöffnet habe.
Deine Hände haben mich berührt. Der Anfang. So vage. So behutsam. So viele Jahre liegen zwischen JETZT und EINST."

„Heute habe ich mit gebührendem Abstand meine Hand über Deinen Arm gleiten lassen. Die Behutsamkeit war reine Verlegenheit. Wie erreiche ich Wesen im Schweigen. Wenn das das Ende ist, was ist dann das Ende."

„Danke für Deine Worte. Worte des Trostes, Worte der Hoffnung, Worte der Liebe, Worte des Abschieds. Vielleicht von jedem etwas... So kenne ich Dich. Ein bisschen viel und ein bisschen gar nichts.
Das größte Geschenk in den zurückliegenden Zeiträumen warst Du."

Laurin begegnet Amira

Burg Himmelhoch im Juni

„Liebste Amira, wie konnte es passieren, dass sich Djamil und Colleen aus den Augen verloren haben. Es tut mir so weh, als sei ich es selbst. So sehr ist mir Djamil ans Herz gewachsen. Sein Herz ist mein Herz.

Es schmerzt, wenn sich verwandte Lichtwesen aus den Augen verlieren. Freunde zu verlieren, das betrübt. Vor allem, wenn sie das Herz berührt haben. Zwei Seelenverwandte sind sich begegnet. Sie sind sich in ihren Verletzlichkeiten begegnet. Sie haben noch nicht begriffen, dass auch der Weg des Herzens steinig und beschwerlich sein kann.

Ewige Glückseligkeit, Amira, die gibt es in den angestrebten Endlandschaften, die gibt es in den Zwischenwelten, doch auf unseren täglichen Pfaden ist sie verloren gegangen.

Weise Amira, wir wissen dies. Wenn Du Colleen erreichen kannst, so erreiche sie...

Sollte mir gleiches mit Djamil gelingen, wer weiß, vielleicht wird es ihnen gelingen, das Wunder zu erkennen."

„Laurin, wenn wir etwas für die beiden tun können, so werden wir es angehen. Meine Gedanken sind Deine Gedanken."

„Amira, bei einer der letzten Begegnungen hast Du Colleen als kolibrihaftes Wesen bezeichnet. Dieses Bild ist wahrhaft wundersam. Dieses Schwirren, der Takt rasender Herzen, Ruhelosigkeit, ein fliegender Edelstein, ein Kolibri, welch' schöne Vorstellung.

Ich habe einen Freund... Er lebt im Süden. Im Spätsommer, ja im Herbst sogar zieht es ihn über das Felsengebirge in den Norden, in meine Gefilde...

Das ist schon komisch... zu einer Jahreszeit, da es mich mit den Zugvögeln nach Süden zieht, da fliegt er in meine mittleren Breiten, ein verrücktes Kerlchen.

Die Wesen nennen das kleine Kerlchen Taubenschwänzchen doch das Bild des Kolibris trifft dieses Kleinod sehr viel treffender. Ich finde, das kleine flüchtige Leben gleicht ein wenig Deinem Kolibri...

In meinem alten vergangenen Garten besuchte dieser Schwärmer, zu denen die Menschen diesen Schmetterling zuordnen, spätes Geblüh, eben das wenige, was der endende Sommer noch zu bieten hat...

Dann sah ich einen anderen, den die Lichter eines Lebensmittelladens angelockt hatten, vielleicht auch die Wärme, denn im Draußen standen erste Nachtfröste vor der Tür. Das Kerlchen tat mir entsetzlich leid. Ich wollte ihn einfangen, vor Frost und Tod bewahren. Er tat mir so leid."

Sakura

Blumental im Juni

Während sich der Mai mit lautem Getrommel verabschiedet und den kommenden Sommer ankündigt, da klingelt es bei mir an der Haustüre. Lou schlägt nicht an. Er ist voller Freude und wenn er voller Freude ist, dann spürt er bereits die Ankunft von Friedemann oder Sakura. Ich öffne die Türe, Sakura steht vor mir, überschüttet mich mit sich selbst. Sie tanzt, sie lacht. Mein zurzeit etwas trauriges Herz, es beginnt zu hüpfen. Sakura ist Frühling und Blüten, Sakura lebt Lust und Frohsinn, Sakura ist ansteckend. Wir hocken uns in die Stube.

„Djamil, wir kennen uns seit vielen Jahren. Zwischen uns ist eine Freundschaft entstanden, die wirklich Freundschaft ist. Was das bedeutet, das wissen wir.
Wir haben viel gesehen. Wir haben viel erlebt und wir haben viel geteilt.
Ich freue mich, Dich zu sehen. Beim Tee werde ich Dir von meinem Aufenthalt in Afrika erzählen."

Ich goss einen Rotbuschtee auf, süßte ihn mit friesischem Kandis, entzündete Kerzen und Rauchwerk. Dann machte ich es mir in meinem Schaukelstuhl gemütlich, Lou wärmte meine Füße, der heiße Tee wärmte meinen Leib, die Worte Sakuras streichelten meine Seele. Wir sahen uns an, sie begann zu erzählen:

„Im vergangenen Januar besuchte ich Bruder Johannes, einen im Geiste Verbundenen in seinem Sommerlager am Fuße des Sugar-Loof-Hills im westlichen Damaraland.

Zum ersten Mal durfte ich erleben, wie der Koigab, das ist einer dieser ephemeren Trockenflüsse, Wasser führte. Diese fruchtbare Flut ist ein beeindruckender Anblick inmitten dieser Wüstenregion.

Johannes lebt in der kühleren Jahreszeit im Namaland zwischen Mukorob, dem Finger Gottes und der großen Kalkpan. Dort habe ich ihn des Öfteren in seiner wunderbaren Lebensgemeinschaft auf Claratal besucht. Menschen aus aller Herren Länder bilden hier eine Gemeinschaft ohne Grenzen und Leinen.

Bruder Johannes stammt aus den Giraffenbergen, dieser bizarren Gebirgswelt im nordwestlichen Kunene. Zusammen mit seiner Frau Lavinia, einer Ovambo aus dem Kaokoland, fasste er den Entschluss, eine Lebensgemeinschaft ins Leben zu rufen.
Diese umfasst heute 77 Menschen aus 7 ethnischen Gruppen und drei Ländern.
Meine Freundin Bibiana wohnt zeitweise ebenfalls dort. Der Herero Hypoppy, der Betschuane Kambroto, der Buschmann Kahimba und die Himba Evangiline kommen beinahe jährlich zur Sonnenwendfeier zu den Externsteinen.

Kannst Du Dich an unseren alten Freund Inambando, den Hirten aus dem Owamboland erinnern?
Im Jahre 1976 gab er sein rastloses Nomadenleben auf. Er entschied sich nach Claratal zu ziehen.
Dort verstarb er während meines dreiwöchigen Aufenthaltes im Januar. Ganz friedlich und beseelt ist er in die andere Welt gezogen.
Johannes und Lavinia fuhren sogleich mit ihrem zweisitzigen Pritschenwagen, ihrer kleinen Camionetta, wie sie sie liebevoll nennen, den weiten Weg durch Wüste und Grasland

nach Claratal. Ich nahm auf der Pritsche Platz und lies das Land an mir vorbeifließen.

Djamil, der Abschied von Bruder Inambando war ergreifend. Die Trauernden gaben sich vollends ihrem Schmerz hin, sie weinten, weinten laut und ohne Halt.

Das kennt man aus unseren nördlichen Breiten kaum. Die Menschen haben das Weinen verlernt. Du siehst es in ihren oft so sehr verhärmten Gesichtern.

Diese Menschen leben ihre Gefühle statt sie wegzureden. Nachdem wir Inambando der trockenen Erde übergeben hatten, wurde ein großes Feuer aus Eisenholz entzündet. Dort lagerten wir bis zum Sonnenaufgang."

""Sakura, der Ort Claratal ist Wohlklang und Erinnerung. Claratal ist Namaland, Claratal ist Springbockland. Der Ort ist mir so vertraut. Bei Deiner nächsten Reise ins Namaland werde ich Dich begleiten."

Djamil begegnet Colleen im Juni-Monolog

aus der Zwischenwelt

I. Tertial:

„Die Nacht ist sternenklar. Der Große Wagen ist im Begriff, sich der sommerlichen Waage hinzugeben."

„Heute hat sich graues Gewölk ausgebreitet. Darin changieren verschiedene Abstufungen, Ideen von Licht, Geburten, Ver-wehen...
Berührung, unerschöpflicher Anmut, Sein, Spüren, Zulassen, inwendige Wärme, Tanzen, Vereinen... was die Nähe vermag, es berauscht, es wirkt nach."

„Ob Du jetzt spürst, was ich jetzt spüre?"

„Vergangenen Mittwoch lagen Lou und ich eine Stunde auf einer Bergwiese im hohen Westerwald. Unendlich VIEL war um uns herum. Soviel Farbe, soviel Leben, soviel Weltenschöpfung.
Nur die Düfte sind verweht, sie haften am vergessenen Mittwoch.
Wie sieht das Bild des Wiesenduftes aus? Ich erwarte keine Antwort.

Wenn ich diesen Duft inhalieren möchte, dann werde ich hingehen.
Der Wind offenbart sich mir in der Bewegung des Getreides. Das ist heute."

II. Tertial:

„Wie viele Dekaden sind vergangen, seit wir uns letztmalig berührten? Wann habe ich zum letzten Mal Deine Atemluft geatmet? Wie duftest Du beim Erwachen? Wie klingt Deine Stimme beim Lachen? Welche Melodie spielt Dein zartes Glück?
Seit 30 Jahren führt mich mein Weg mehrfach jährlich zum Laacher See. Dort besuche ich die benediktinische, hochmittelalterliche Abteikirche Maria Laach. Es ist ein Ort der Ruhe, der Einkehr, ein Ort des Lichts.
Gefühlte Ewigkeiten setze ich mich in die erste Reihe und blicke zu ihm:

Das Mosaik scheint zu leben, soviel Güte und Gottesglanz"...

„Spürst Du meinen Atem auf Deiner Haut."

Wie riecht der Sommer?

„Ich bin der Regenpfeifer. Ich bin der, der vertrauensvoll auf der ausgestreckten Hand Platz nimmt. Ich fliege fort, wenn sie mir entzogen wird.
Empfindlich ist Lahol, so sensibel. Hast Du je seinen Ruf über dem Moorland gehört. Du hörst ihn ein einziges Mal. Nur zwei oder drei Rufe genügen, Du wirst sie nie vergessen, nie. Dieses Sehnen ist unendlich, meines auch.

Für Zeiten hatte ich den Himmel auf Erden gefunden, diesen Hauch des Paradieses.

Überall wäre ich hingekommen, bis zu den entferntesten Sternen wäre ich geflogen, hätte bedrohende Wüsten durchquert... nur um Dir zu begegnen.

Ekstatische Tänze zu Trommeln am Feuer sollte ich nicht mehr erleben... dafür Nebel im Kopf, Leben ist Einsam sein."

„Unser Hand in Hand gehen war kurz. Sende Dir das, was ich Liebe nenne."

Laurin schreibt Amira

Brief, Claratal im Juni

Liebste Amira,

ich habe es vom Anbeginn unserer Zeit gewusst, wir sprechen dieselbe Sprache. Verzeih Deiner Freundin Colleen, verzeihe meinem Freund Djamil. Wir sind Wesen. Sie sind Menschen. Sie sind das, was auch wir waren, verzeihe. Sie sind auf dem Weg. Sie gehen. Und sie lieben. Er liebt sie. Ich weiß es. Ich kenne meinen Freund seit vor der Zeitenwende. Er ahnt es. Er vermag noch nicht, über seinen Schatten zu springen. Das liegt daran, dass die Menschen der festen Überzeugung sind, keiner könne über seinen Schatten springen. Doch das ist ein Irrtum. Du weißt das. Ich weiß es. Wahre Größe eines Menschen offenbart sich dort, wo er gelernt hat, über seinen Schatten zu springen. Bis dahin, das ist ein weiter Weg.
Djamil geht. Noch geht er hinter seinem Schatten, er lebt im Schatten. Doch das Licht ist schnell. Es bezwingt die Dunkelheit. Er wird lernen, seinen Schatten zu überwinden. Das ist ein Prozess. Ich bin an seiner Seite. Wir gehen. Heute ist der erste Tag...

Auf der Geraden, WIR

Laurin

Laurin schreibt Colleen

Briefauszug, Claratal im Juni

Colleen, Du willst die Sonne lachen lassen. Das ist gut. Doch sie wird nur lachen, wenn Du die vorangegangene Dunkelheit durchlebt hast.
Das sind die Wege. Wähle, was ist das erste... Wähle, was schwingt in der Tiefe Glut... Wähle, was hörst Du...
Folgendes: Was nimmst Du wahr? Die Schönheit? Das Licht? Höre. Spüre.
Wachsen neue Blüten aus der Traurigkeit, frage Dich.

Kleiner Kolibri, schwirrender Diamant, zartes Tauben-schwänzchen, ich hoffe, dass wir im Kontakt bleiben. Ich freue mich, Dich kennengelernt zu haben. Lass uns, in Gedanken verbunden, ein Stück des Weges zusammen gehen. Ich werde meinem Freund in der Johannisnacht von unserer Begegnung erzählen. Seine Augen werden strahlen, das denke ich...

Laurin schreibt Djamil

Brief, Claratal im Juni

Mein lieber Djamil,

guter Freund, rasendes Herz, still schreiendes Menschen-kind, wie soll ich das nur erklären. Einen Freund zu trösten kann so schwer sein. Wie werde ich Dich trösten.

So impulsiv Dein Auftreten zuweilen auch ist, genauso em-pfindlich ist Deine Seele. Morgen werde ich Claratal verlassen und Dich besuchen. Ich schleife Dich auf den Kahlenberg. Dort werde ich Dir ins Ohr flüstern:
‚Sieh auf Dein Land, sieh auf das im Wind tanzende Getreide, sieh auf den friedlichen Reigen zwischen Fuchs und Kobold, zwischen Geist und Wesen, sieh die Menschen, deren Hände sich halten, sieh zur Sonne, auf das Funkeln und Leuchten ihrer Strahlen auf den sich bewegenden Wassern, sieh auf die Fische im Fluss, sieh auf all das Getier am Wegesrand, all die Töne und Melodien, die Lurche, die in der Dämmerung ihre Tümpel verlassen, um in sicherer Waldesruh auf Raubzug zu gehen, sieh das alles und sieh noch mehr.
Betrachte vor allem auch Dich. Gehe Deinen Weg, gehe ihn beherzt. Bleibe Dir treu.‘
Unsere Gespräche werden leichter, bei aller Schwere, die Dir zu eigen ist. Doch das ist wohl eine Gemeinsamkeit. Auch ich kenne die Nacht.

Glaube mir dieses: Je tiefer Deine Nacht ist, desto lichter wird Dein Tag.

Möchtest Du allen Ernstes Dein Leben eintauschen mit Menschen, die in andauernder Halbherzigkeit leben, die seit Jahrzehnten unglücklich in unbefristeten Arbeitsverhältnissen stecken, die desolate Zweisamkeiten aushalten und in ewiger Unverbindlichkeit dahin fristen?

Die Johannisnacht steht vor der Tür. Wir werden reden in dieser Nacht. Wir werden erkennen. Die Sicht wird klar. Der Nebel hebt sich von der schlafenden Erde. Die Reise beginnt. Dies ist unser erster Tag...

In tiefer Verbundenheit

Laurin

Djamils Klärung

auf der Fuchskaute im Juni

und ein Mädchen kam gegangen
nahm mir jeden Sinn gefangen

wo die hohen Buchen stehen
werd' das weite Meer ich sehen

dieses Kägsdorf, abgebrannt
Lügen liegen auf dem Sand

meine Träume, sanft und schwer
schiebe ich hinaus aufs Meer

nur ein Sehnen, Seele streift
hart der Stein, ganz ausgereift

weites Meer
und leerer Strand

werd' nicht gehen
Hand in Hand

hier das Ende, lichtes Land
male Kreise in den Sand

male Blumen, schön und bunt
für das Meer, für einen Hund

mit dem Steigen, keine Flut
dieses Alles macht mir Mut

wann auch immer, wo und wie
diese Fülle werd' ich nie

diese Fülle ist ein Nichts
ganz entgegen diesem Wicht

der da schleicht am Strand vorbei
wäre ich doch wieder frei

nur der Squonk sagt, was er weiß
alles andere macht nicht heiß

macht verdrossen, kühles Erz
fest verschlossen, nichts fürs Herz

welcher Ritt auf welcher Welle
bringt mich fort von dieser Stelle

welche Träume birgt das Meer
welche Liebe noch viel mehr

meine Liebe, trist und tot
sitz am Strand, allein im Boot

meine Reise immerfort
treibe ich zum nächsten Ort

lerne von Strukturen fast
binde fest mich an den Mast

werde ferne Welten sehn
bin dabei schon fast ein Wehen

treibe wie ein Falter, fein
will doch, was ich bin, nur sein

alte Wunden, wund und schwach
münden alle in ein Ach

mit dem ersten Häherschrei
sehn den Morgen ich herbei

dieser Tod ist süß und schwer
dieser Morgen noch viel mehr

im Vorbeigehen fand ich's Glück
war davon zutiefst entzückt

schwerer Wein und leichte See
seichter Schlaf und kalter Schnee

nur der Staub im Haar, gewaschen
trister König, gottverlassen

blut ich aus, ergieß ins Meer
diesen Schmerz und bin ganz leer

bin der unfassbare Mann
der nur wahr und gar nichts kann

nur ein Röcheln beim Entweichen
Knöchlings Band hört auf zu speicheln

und die Rotze fließt in Wellen
und die Kotze kann nur schwellen

dies Geschwall wird rollen an
ich es nur verbellen kann

ich nun geh
wer weiß wohin

in die Welt , wohl dieser Wellen
höre dort jetzt auf zu schellen

finde Frieden, dann und wann
auch wenn ich es gar nicht kann

Mädchens Hand ist längst entschwunden
in der Welle, ungebunden

Damian besucht Djamil

auf dem Schweineberg im Juni

Mit gehauchter Stimme flüstert der Sommer vor meiner Tür. So sehr er auch in der Versuchung geführt wird, sein Verkünden vor mir zu verbergen, sein wahrnehmbarer Odem schreit durch meterdicke Klippen und schützt mich vor der anderen Welt.

Mein Freund Damian setzt sich zu mir zwischen das Meer blühender Mageriten.
Er ist das Tosen der Felslawinen. Damian ist Thors Donner, Damian ist die Begegnung zwischen den Welten, er ist der Aufschlag meiner Augenlider.

Damian und ich bevorzugen schwere Rotweine. Für einen Bordeaux, einen Zinfandel oder Shiraz vergessen wir den Rest der Welt.
Zwei Flaschen Shiraz habe ich mit auf den Schweineberg genommen. Ich schenke ein. Wir bewegen die Gläser und erfreuen uns daran, wie die ölige Konsistenz des edlen Tropfens dafür sorgt, dass der Wein viel langsamer am Innenrand der Gläser herunterfließt, als man es von leichten Rotweinen gewohnt ist.

Nach herzlicher Begrüßung verstummen wir, lassen den Wein durch die Kehle rinnen und schauen ins Land. So sind unsere Begegnungen.

Wir trinken, genießen und schweigen.

Die Nächte vor der Sommersonnenwende

Wietings-Moor Mitte Juni

Meine heutigen Wege führen in alle Richtungen und münden doch alle am selben Ort.
Am späten Nachmittag erreiche ich den Rand des Moorlands. Laurin sitzt vor seiner Kate und trinkt Kaffee. Laika beobachtet die Bewegungen im Moor.
Neben Laurin steht ein zweiter Becher heiß dampfenden Kaffees zwischen vertrockneten Krähenbeeren. Er ist für mich. Laurin hat mich erwartet.

Laurins Kate steht im steten Licht der tiefstehenden Sommersonne.

Ich lege mich zu ihm in die Heide, wir verstummen, wir haben uns nichts mehr zu sagen. Unser Verständnis liegt im Verstehen, im Schweigen. Alles ist gesagt.

Nach einigen Stunden tiefster Stille spricht Laurin zwei Sätze: Djamil, heute Nacht fallen deine Entscheidungen. Heute Nacht fallen die Lichter vom Himmel ins Moorland.

Was folgt ist Erwartung, ist Erkenntnis, ist Berührung. Die Lichter beginnen zu fallen. Ich wachse über mich hinaus.

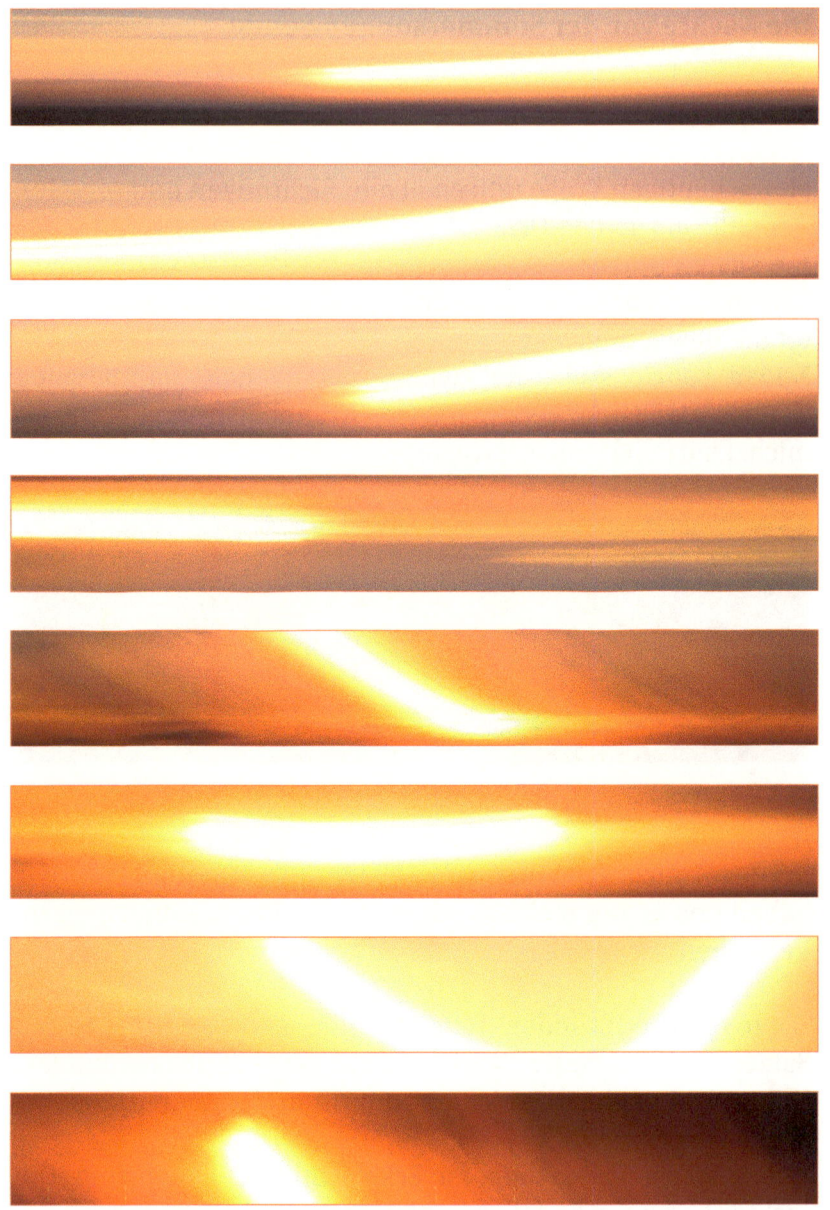

Gleich Lichterstürmen jagen die Lichter aufs Moor zu...

100

Die Schauspiele über Laurins Hütte sind überwältigend. Fallende Lichter. Laika und Lou beginnen wie Wölfe zu heulen.

Sonnenwende

Briefauszug Laurins an Zoé, Klarwasser Ende Juni

Die Sprache zwischen Djamil und mir, sie wurde von Tag zu Tag flüssiger. Wir waren dabei, Äonen zu überwinden. Der Fluss floss.

Ach Zoé, Vertraute meiner Seele, ich will es Dir nicht vorenthalten. Etwas ist geschehen. Erneut haben Wirrnisse meinen guten Freund geschüttelt, genaues weiß ich nicht. Unsere Sprache ist verstummt, ich erreiche ihn nicht mehr. Er sieht mich nicht, es ist wie einst. Selten bin ich hilflos.

Doch wenn man seinen besten Freund nicht erreicht, dann können selbst durchlichtete Wesen ihre Mitte verlieren. Zurzeit wandle ich auf den äußersten Bahnen der Exzentrik um einen Kern, der voller Betäubung in starrer Tiefe versunken scheint. Das ist vorübergehend.

Ich, der Begleitende schweren Mutes bin so froh, Dich liebste Zoé auf sonnigen Wegen wandeln zu sehen.
Im Mondenschein traf ich Freya in der Zwischenwelt. Sie berichtete von Eurer Begegnung. Ich bin glücklich, dies zu hören.

Zurzeit sitze ich zur Linken meines Freundes. Er spürt es nicht. Er stürzt sich in Arbeit, beantwortet Korrespondenzen, geht Wege.

Auf dem Kleeberg wollten Djamil und ich die unvergessene Sonne feiern. Jetzt wählt er einen anderen Weg. Er wird das kleine Volk, das sich am heiligen Tag am Fuße der Felsentürme versammelt, aufsuchen.

Seit jeher versammeln sich die Wesen dort. Dort wird Djamil das finden, was er im Grau der Gefilde unseres alltäglichen Seins vergeblich gesucht hat. Er wird seine Seele füllen. Er wird neuen Zyklen begegnen. Er wird sie in sich finden. Er geht. Das ist gut.

Zoé spricht mit Djamil

„Djamil, springe nicht in den Spagat, nur weil Dein Herz es verlangt.
Dein gefühlter Verlust, er ist nichtig und gering. Bedenke: Dein Gewinn ist riesig. Beinahe alles hast Du gewonnen und dies ist es, das Dich befreit. In die Himmel bist Du gewachsen, hast Dich verschenkt. Und genau das ist Dein Gewinn, Dein Verschenken."

„Zoé, wie kann es sein, dass Freya dieselben Worte zu mir sprach?"

„Djamil, Freya und ich, wir sind Verbündete im Geben. Uns eint die Liebe, unsere Herzen schlagen im Gleichklang. Djamil, ich sage: Wende Dich von denen ab, die von der Liebe sprechen. Suche die Nähe und die Herzen derer, die die Liebe leben.
Ich denke, Dein Herz ist voller Wärme, es ist groß. Suche die Mitbewohner, die dies teilen können. Wende Dich ab von den Predigern, von denen, die dem Wort nachlaufen, von den Dogmatikern und Lehrern.
Suche Wesen, die Deinen Humor teilen. Vermeide die schweigenden Seelen. Du musst nicht alles verstehen. Du wirst mit ungelösten Sorgen Frieden schließen. Folge Deiner inneren Stimme. Sie wird Dich leiten. Kämpfe um Dein Glück, als ginge es um Dein Leben.
Bedenke: Die elementaren Dinge der Menschen verändern sich nicht. Du bist Dingen nachgerannt, die nicht waren, die einfach nicht sind.
Stille Sätze sind Deinem mitteilsamen Wesen fremd. Versprühe Dein Herz. Lebe Deinen Zorn. Lache in die Welt.

Wachse. Und bewahre Dir Deine Geradlinigkeit. Der Sommer kehrt ein. Du bist bereit.

Djamil sucht die Nähe Freyas

„Djamil, geerdeter Zeitreisender, Du stehst an einem Scheideweg. Ich sage Dir: Wenn Du entscheidest, dann scheide.

Andere Wesen mit denen uns eigenen großen Herzen zu ummanteln, dies fühlt sich warm, leicht und lichtvoll an. Dann spüren wir, dass wir der Vollendung ein Stück näher gerückt sind.

Wir wissen, dass wir von jedem geschiedenen Ding das Beste gehabt haben. Wir sind der Fluss, der fließt. Es gibt kein zurück. Die Dinge sind fortlaufend.

Vertraue auf die Güte. Lebe in Demut. Reiche Sakura Deine zarte Hand. Sie ist die Annehmende. Sie fließt. Sie gibt. Sie nimmt Dich mit.

Wenn Du liebst, dann liebst Du intensiv. Wenn Du enttäuscht wirst, dann ist Dein Schmerz grenzenlos. Doch erst durch diese Prozesse wirst Du reifen, Du wirst Dich zum Übermenschen erheben, glaube mir.

Du wirst erfahren, wer Du bist. Deine Seele reift. Nicht Theologen und Meister sind Deine Lehrer. Das Leben selbst ist es. Täglich erfährst du Neues.
Keine Schulungen, Kurse und Seminare brauchst Du zu besuchen, gar zu bezahlen.
Djamil, sei wach. Horche in den Äther, rieche die Würze des sommerlichen Waldes, sehe das Licht, alles ist da, Du brauchst Dich nur zu bedienen. Und das alles ist kostenlos.

Das Leben ist pur und einfach. Es ist satt und voll. Und es beginnt vor Deiner Haustüre. Gehe hinaus in die Welt. Sei nicht verdrossen, ernte."

"Freya, weshalb überschüttest Du mich so reich und auf Deine wundersame Weise mit all dem, was ich längst schon weiß und doch nicht weiß?"

"Wisse: Dieses Leben ist ein ewiges Meer, ständige Ebbe und Flut, beständiges Branden...

Djamil, betrachte die Welt nicht im Spiegel. Diese Welt steht Kopf. Großen Schrittes wirst du die Spiegel der Welt überschreiten.

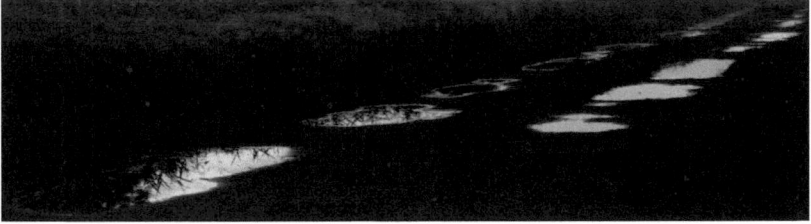

Die Spiegel der Welt...

107

Auf dem Stromboli

Klarwasser im Juli

Der Sommer hat begonnen. Voller Frieden und Liebe ziehen Laurin und ich auf die Höhe des schlafenden Vulkans, des leuchtenden Berges, des zielführenden Strombolis.
Ein Hauch von Wehmut begleitet mich. Geplatzte Träume.

Laurin stupst mich an und meint: „Heute ist der Tag, an dem Viracocha uns zu sich ruft. Djamil, vertraue mir. Heute wirst Du erkennen."
Gleich einer Prozession sind die vertrauten Wesen von der Nordflanke auf den Berg gestiegen, während wir die südwestliche, beschwerlichere Route wählten.

Ohne Absprachen haben wir zueinander gefunden. Und in der Gewissheit dessen, was uns auf der Höhe erwartet, betreten wir den Gipfel.
Die Nacht fällt über das Meer. Viracocha hebt seine Arme gen Himmel, diesem gewaltigen Firmament, diesem Stern an Stern. Kurz darauf beginnt der Berg zu leuchten.

Sie sind alle versammelt. Laurin wusste es, ich ahnte es.

Was wird geschehen? Wie lautet das Geheimnis? Welche Flammen werden uns reinigen?

Wen will Damian bezwingen? Welchem Strand brandet Jako entgegen? Wem leuchtet Melchior den Weg? Welche Jagd wird Merlin beenden? Wird Raéls Biodivergenz zum Geist der Geister erblühen? Wird das Friedemännchen in der Lage sein, uns zu beschützen? Wird Feodors Wahrheit das Geschenk Gottes sein? Und wird Sakura die innere Erhabenheit ins Außen kehren können?

Laurin, Zoé, Freya und Amira sind stets willkommen. Nicht immer werden sie verstanden. Doch der Geist der Güte und Barmherzigkeit eilt ihnen stets voraus.

Gleich einem Steintanz sitzen wir Männer im Kreis. Laurin, Zoé, Freya und Amira, die Wesen der mittlerweile vertraut gewordenen Zwischenwelt, stehen hinter uns.

Wir sprechen tonlos. Wir flüstern laut. Wir schreien still.

In der Erkenntnis dessen, was ich längst ahnte, stelle ich mir die Frage, die in meinem Inneren längst die Lösung kennt. Wer sind all' diese Menschen, wer sind all diese Wesen, die in dieser großen Nacht zusammen gekommen sind, um die Weisungen des großen Viracocha zu empfangen?

Sie sind mir ausnahmslos vertraut. Und dies erstaunt mich heute auf dem Berg keineswegs. Ich habe diese Wesen immer gekannt. Heute begegnen wir uns. Wir reichen uns die Hände.

Viracocha beginnt: „Djamil, heute ist Dein Tag. Lange hast Du darauf gewartet.
Ich stelle Dir die Wesen vor, die Dir in den letzten Jahren begegnet sind. Sie sind Deine Vertrauten geworden. Sie sind Deine Freunde. Nur für sie wird es sich lohnen zu sterben.

Feodor, Merlin, Sakura, Damian, Freya, Joko, Friedemann, Zoé, Raél, Amira, Melchior und Laurin, sie sind Deine besten Freunde geworden, sie waren stets da, wenn Du nach ihnen gerufen hast.

Djamil, empfange dieses: Du wirst Deine Freunde fortan nicht mehr anrufen.

Denn: Du bist Feodor, Merlin und Sakura, auch Damian, Freya, Joko und Friedemann verschmelzen in Dir zu Einem und Zoé, Raél, Melchior und Laurin tun selbiges.

Du bist alles, Du bist All-Eins, Du bist die Quelle und das Meer, die Felsengebirge und der Laubwald. Du bist im Gehen. Djamil siehe um Dich."

Der körperliche Steintanz ist verschwunden. Die Geister sind fort. Viracocha ist gegangen. Mein Inneres ist gelebtes Danke.

Ich sitze allein auf dem Berg. Das Strahlen des Strombolis ist erloschen. Die Nacht ist schwarz, warm und vollkommen.

Und um die wunderbaren Pfade mit neuen Augen zu besehen, steige ich hinab ins Tal.

Das Leben liegt vor mir.

AN'ANASHA

Dirk Eickmeyer, geboren 1959 in Ost-westfalen, arbeitet als freier Autor. Er lebt in Bad Salzuflen.

Dirk Eickmeyer bei Books on Demand GmbH

Reise durch Lappland *oder die Überwindung*
der Schwermut

Die Erfahrung der Sonne zur Mitternacht, das Erleben
absoluter Stille in Lapplands Wäldern und vor allem
das *einfache* Leben in der Wildnis führten dazu, die
Rangfolge persönlicher Werte zu überdenken und zu
erkennen, dass weniger mehr ist.
'Reise durch Lappland oder die Überwindung der
Schwermut' beschreibt in teils rhytmisierter Prosa
eine Reise aus der Dunkelheit ins Licht, aus der Be-
drängnis in die Weite und ist zweifelsohne eine
Liebeserklärung an ein fernes Land...

erhältlich als:
Taschenbuch, Schwarzweiß   9,99 €
ISBN: 9783735760821

ebook, farbig   6,99 €
Taschenbuch, farbig   16,99 €
ISBN: 9783735721303
128 Seiten

Pilgern in Skandinavien
Tagebuchaufzeichnungen in Lappland

Christen, Moslems, Juden, Buddhisten und Hindus
suchen besondere Orte auf. Sie machen sich auf den
Weg. Sie pilgern.
Das Pilgern ist somit nicht an einen der berühmten
christlichen Wallfahrtswege, gebunden.
Vielmehr ist der Pilger auf Pfaden unterwegs, die ihn
zu sich selbst führen. Dabei kommt er dem Ersehnten
unter Umständen ein wenig näher.
In Norwegisch Lappland liegt der Ort Kautokeino.
Kautokeino soll so viel bedeuten wie *die Mitte des*
Weges.
Dort gibt es das *Nichts*, deshalb ist der Autor in Kauto-
keino. Und das ist es, wonach er immer gesucht hat.
Keine Ablenkung, nur das Wesentliche, die *Mitte des*
Weges, Kautokeino.
Es sind saisonal begrenzte Versuche, der Fülle zu ent-
gehen, um die Leere zu empfinden.
Pilgern bietet die Möglichkeit, sich mit elementaren
Fragen wie *'Was bleibt am Ende einer Liebe?'*, *'Was*
bleibt am Ende eines Lebens?', *' Bin ich gekommen, um*
zu gehen?' oder *'Wo bin ich zu Hause?'* auseinanderzu-
setzen...

erhältlich als:
ebook   6,99 €
Taschenbuch   9,99 €
ISBN: 9783735759733
100 Seiten

Wege - *Gedanken-Konglomerate voller Sehnsucht, Wehmut & Liebe*

Die Geschichten beschreiben unter anderem das Nachfühlen der Jahreszeiten, besonders um die Zeit der Tagundnachtgleichen.
Sie entstanden sowohl in Mainz, dem Rheingau und Rheinhessen, Westfalen und dem Lipperland, Nordhessen als auch im deutschen Nord- und Ostseeraum.
Allerdings finden sich auch Geschichten aus nördlicheren Ländern, vereinzelt gar Bemerkungen ferner Welten.

erhältlich als:

eBook	6,99 €
Taschenbuch	9,99 €
ISBN:	9783738613230

156 Seiten

Notizen:

Notizen: